# Koga:
## El ninja renegado
### -Nagoya-

## Libro 2

Braxton Garrisson

# Koga: el ninja renegado

# NOVELA HISTÓRICA

## Primera Edición, febrero del 2023

**Diagramación, diseño, corrección de estilo, montaje y asesoramiento por el periodista, escritor e investigador venezolano Alberto Jiménez.**

www.braxtongarrisson.com

# Dedicatoria

En honor a las fantasías masoquistas, descritas en los cuadernos de don Rigoberto de Mario Vargas Llosa; los cuales incluyen el deseo, la imaginación y el masoquismo reflejados en esta obra, que también se relacionan con el artista Egon Schiele, con sus contenidos de elementos ilusionistas verbales y un concepto flaubertiano de la literatura y que además explora un mundo de fantasías y ensueños, le dedicamos ésta edición que posee un tono discrepante de la realidad.

## "Por los linderos de tu imaginación"

Hola amigos y amigas; soy Braxton Garrisson, quisiera darte la bienvenida al vasto Universo de pensadores libres de esta nueva generación a través de ésta serie de libros, el segundo de ellos lo tienes ahora en tus manos en forma electrónica digital o   impreso, cuya colección es una creación que se perfecciona con tus pensamientos y mejora dentro de ti día a día.

Soy joven, viejo y adulto al igual que tú, a quien le gusta crear cosas, saber qué sucede después de la muerte, lo nos atrae a lo desconocido y en fin, somos aventureros en este barco que llamamos vida terrenal, con los sueños y esperanzas en un mundo mejor en el mañana, así como tanto lo deseas tú.

Así que te animo a que te lances al mundo y al universo de la realidad y la fantasía con actitud positiva, conociendo que todo el potencial de tu mente está allí, esperando por ti y que cuenta con aliados invisibles dispuestos a ayudarte bajo las alas de altísimo y sus vastas deidades celestiales.

Aunque vivo en una Isla del Caribe, la segunda más grande del Arco de las Antillas, desde aquí escribo, proponiendo al mismo tiempo soluciones claras que contribuyan a aliviar nuestras angustias y nos devuelvan las esperanzas en este planeta, nuestra casa, el hogar que nos cobija, que se desangra y que avanza hacia la barbarie, la ignorancia, el hambre o las guerras injustificadas en estos momentos.

¡Saludos y bendiciones, salgamos con actitud positiva a construir una mejor civilización!

# Tabla de contenido

## Índice

### Capítulo VI

### Capítulo VII

### Capítulo VIII

### Capítulo IX

### Capítulo X

## Capítulo XI

## Capítulo XII

## Capítulo XIII

## Capítulo XIV

## Capítulo XV

## Capítulo XVI

## Capítulo XVII

## Capítulo XVIII

## Capítulo XIX

## Capítulo XX

*La literatura fantástica es un género narrativo*

basado en elementos de fantasía, como criaturas mágicas y lugares legendarios. Esta forma de narrativa destaca factores sobrenaturales que no existen en el mundo real.

Sus cimientos se remontan a finales del siglo XVIII y comienzos del XIX con la irrupción del Romanticismo y se caracteriza por presentar elementos que no se pueden explicar por medio de la razón, poniendo la realidad en cuestión.

# Koga:
# El ninja renegado
## -Nagoya-

**Al pueblo de Iga y al gran Hattori Hanzo
El mejor guerrero de la historia del Japón**

# Capítulo I
## El nuevo salto en el tiempo

Amaneció en el valle en medio de una suave bruma fresca luego de una larga noche transcurrida mediante la cual, con la poca luz y el brillo de la luna, que le hacían el compás a la claridad de la habitación durante la noche, nos pusimos de acuerdo; en primer lugar, para comunicarle a Damián que debemos reprogramar un nuevo salto en el tiempo hacia año 1867 y en segundo, organizarnos de inmediato para ir al encuentro con él en la nave y cambiar las líneas temporales para avanzar en la misión.

Durante el transcurso que pasamos Sergio y mi persona en el refugio de nuestro amigo el monje anfitrión, pudimos verificar tanto con los documentos analizados, como las aclaratorias del monje sobre nuestra misión, que debíamos buscar nuestro objetivo en esa fecha, en vista de que las coordenadas del tiempo colocadas en el sistema operativo para el salto al pasado no eran las exactas y debemos cambiar de la rutina.

Desde hace tres días que habíamos llegado a esta zona en el tiempo y ubicación como otros detalles; pero los hechos no coincidían con nuestra búsqueda y por eso le notificamos a nuestro piloto, que programara una nueva ruta en el tiempo.

Se trata ahora de localizar a Koga y a su aldea en la época que corresponde a su convivencia y actividades relacionadas con su desempeño como el mercenario rebelde de la aldea de Iga y de sus enfrentamientos, combates, y los presuntos planes para asesinar al emperador.

Mientras nos preparamos para organizarnos en torno a eso, el monje Koijitsu había salido a los alrededores de la vivienda en la búsqueda de hierbas aromáticas y otras especies, con las cuales desde el amanecer se había dispuesto a preparar una bebida en su fogón para compartirlas con nosotros antes de continuar con nuestra misión, para lo que teníamos que realizar un nuevo salto.

Ya Damián estaba notificado desde nuestros instrumentos de comunicación de onda corta, mientras que el monje nos servía varios tazones de té que humeaban despidiendo un agradable aroma y al mismo tiempo realizaba un ritual con algunas invocaciones cerca de la ventana.

Nos dimos cuenta de que estaba solicitando la presencia de una de sus mensajeras, Las Antares.

—Maestro, —Le preguntamos —

¿Qué hace?

—Es mi relación espiritual con las sagradas mensajeras, con quienes acostumbro a llamarlas cada amanecer para ofrecerles alimentos de mi despensa, porque ellas son mis únicas compañeras y ahora les estoy entregado un envío para el compañero de ustedes allá en la montaña, —nos respondió Koijitsu.

Eso y todo lo demás relacionado con nuestra hospitalidad, nos permitió identificarlos como un personaje místico, enigmático y de gran sentimiento y de vocación espiritual, pero al servicio de una probable confraternidad, de acuerdo con sus convicciones, sus actuaciones, gestos, ideología, experiencia, conocimientos y sus facultades extrasensoriales con las que cuenta, que nos ha demostrado.

Pocos minutos transcurrieron cuando una hermosa ave de Antares multicolor y aleteando entre suaves chirridos característico de esa especie, se posó en el borde de su ventana y tras unos cánticos del anciano que salían de sus labios sostuvieron un breve saludos por lo que nos dimos cuenta, que era la manera como las llamaba por medio de unos silbidos melodiosos y en leal obediencia acudían a él, como una contraseña.

Observamos un mutuo intercambio entre ambos. La visitante aleteaba y el monje le mostró unos granos con mano abierta y enseguida, sus delicados picoteos permitían a la Antares consumir sus semillas que les ofrecía.

Una vez concluido el intercambio de saludos y compartir entre ambos, le mostró un pequeño empaque de cuero color gris, conteniendo un envase rudimentario con una porción de la bebida humeante, indicándole con la otra mano y señalándole con el dedo hacia la dirección en donde se encontraba estacionada la nave del tiempo.

El Antare tomó el paquete con el pico y de inmediato levantó el vuelo hacia la ruta indicada.

—Atento Damián, te llegará una visita en pocos minutos con un obsequio de nuestro amigo para tu paladar. -

—Le indicamos a nuestro operador de la nave, quien nos indicó que:

—Afirmativo; estoy atento y de mi parte el agradecimiento al Don, por tan hermoso gesto y que reciba saludo y la venia de la reina del sol, la madre naturaleza y la bendición de Buda, — respondió Damián.

Todo estaba listo; solo tendríamos que consumir la deliciosa bebida de hierbas endulzada con un toque de miel y emprender el camino hacia el encuentro con Damián.

—Chicos... — Sonó el auricular implantado en nuestras orejas, —

¡Ya es hora de partir, los sensores cuánticos indican que debemos saltar en 3 horas; y contando!

—Copiado claro y fuerte; —

Contesté en automático, haciéndome a un lado con mucha discreción.

Llegar a las montañas nos tomaría unas horas y debíamos partir enseguida.

El viejo zorro del monje nos miró y guiñando un ojo dijo:

—Buda ya ha dispuesto vuestra partida, nos veremos muy pronto en el otro lado. —

Dijo, mientras nos entregaba un pequeño pergamino enrollado y reía con mucha picardía; ¿Por qué será?

## Cuenta regresiva

Parecía mentira, pero unas horas después nos encontrábamos ya en la nave y la curiosidad me venció, abrí el pergamino, el cual estaba escrito por el sacerdote del monte Hieisan de nombre Shosei, quien había meditado sobre el problema del país de la siguiente manera:

*"A mediados del siglo X; las disputas sobre los nombramientos imperiales terminaron en un conflicto entre los monjes rivales en los que el Budismo se ha reflejado en muchos aspectos de Japón desde su cultura, arte y arquitectura así como también en el príncipe Shōtoku, quien propuso implantar la religión en la sociedad japonesa.*

*El monje budista, Shugetsu, fue primer fraile que planteó un conflicto en torno a la alternativa de que el Japón evolucionara y Genshin - 942 al 1017- fue el artífice y difusor principal de esta doctrina pintando varias escenas de Amida Buda bajando a la tierra!".*

Ocupados en recopilar la mayor cantidad de datos verificables por la misión; los técnicos del proyecto y del viaje en el tiempo habían establecido varios saltos a través de las líneas cuánticas para poder lanzarnos a la aventura de acompañar de manera incógnita a Koga, el Ninja Renegado de esta aventura para desenmascarar a los verdaderos culpables de planificar darle muerte al emperador.

Los que habían financiado esta operación para viajar al pasado, querían saber cuándo y en qué momento surge la leyenda de un monje de la provincia de Edo y esta misión histórica ya estaba completada, ya que los expertos del programa de viajes en diferentes períodos de las rutas paradójicas, entendían que ya estábamos edificados de primera mano en la historia y tradiciones de esta enigmática nación.

También faltaba saber, el por qué se enfrentaron los dos clanes; el Kabuto y el Tsurumaki y cuál fue la función de Koga en este entramado de traiciones y conjuras políticas y la respuesta llegó como un rayo de luz después de una gran tormenta.

Tras un recorrido de unas horas, nos acercamos al lugar donde el operador nos esperaba para continuar con nuestra misión y para ese momento el conteo estaba activado, por lo que nos dispusimos a intercambiar saludos e informaciones para el salto en la búsqueda del territorio de la prefectura de Yamanashi que controla los territorios de Edo y Nakasendo, por donde nos indicaba el mapa que era la ubicación de nuestro objetivo.

## Saltando de nuevo

Ya estábamos allí y con los comentarios correspondientes sobre los pocos días en que nos mantuvimos en ese valle, aclaramos algunos detalles y las novedades relacionadas con el extraño personaje, de quien tuvimos la gran suerte de conocer, recibir y compartir sus bondades, alimentos, bebidas y sus bendiciones, conocer las increíbles relaciones con la fauna local y comprender el porqué nos habíamos topado en nuestro camino con un sabio de un nivel extraordinario, sin embargo, después descubrimos la razón.

Sobre la marcha en medio del conteo que escuchábamos mediante el sonido producido por el avanzado sistema operativo de la nave; compartimos información que nos iba a permitir corregir la ruta y era inminente el nuevo salto a otro tiempo y espacio y al mismo tiempo nos preparamos con las medidas reglamentarias para otro salto.

Hasta ahora los planes estaban corregidos y

reformulados a pesar de que habría sido como una jugarreta del destino por calificarlo de error, debido al lugar en que nos condujo el salto anterior porque fueron y son muchas las importantísimas aclaratorias que obtuvimos con el monje.

¿Pero; cómo es que el monje sabía mucho de nosotros y quiénes éramos?

Pero una de las más asombrosas ventajas circunstanciales que logramos verificar con él, fue la cantidad de documentos, manuscritos y un inmenso volumen de información, muchas de la cuales eran de origen de nuestro tiempo que estaban en su poder bajo su custodia, pero le preguntamos a Damián sobre ese detalle.

—Muchos fueron traídos por sus antecesores viajeros, cuyos instrumentos quedaron bajo su cuidado, pero lamentablemente mis antiguos compañeros de este proyecto fallecieron y esas historias quedaron en su poder, —indicó Damián.

Un fuerte empujón desde nuestros asientos y controles de la nave, nos indicó que nuestro viaje y salto en el tiempo sin retorno había comenzado.

Ya no había vuelta atrás, íbamos camino hacia al año 1867 donde se había incrementado la debilidad de los Shogunatos y en el que imperaban las reglas del último Shogun del Japón Tokugawa Yoshinobu y el emperador corría un grave peligro.

Así fue como una luz cegadora, nos indicó que el salto en el tiempo y la búsqueda del rebelde inmortal llamado Koga había comenzado y las nuevas aventuras de este guerrero milenario nos esperaban del otro lado del tiempo.

## Paradojas del tiempo

El viaje nos condujo a otro marco dimensional dentro de lo que se conoce como *paradojas* y de ellos era necesario forzarlos con los ejes de los *swivels* hacia adelante para trasladar a este minúsculo grupo de investigadores con el especialista Damián, incluido a nuestro siguiente plano inmediato en la búsqueda del Ninja Rebelde.

Los *swivels* son partículas subatómicas que se manipulan de manera controlada por una materia plasmática y energía nuclear, lo cual permite colocarse en otras dimensiones del espacio y tiempo por medio del sistema operativo tridimensional al que estaban conectados mediante los puertos del flujo electrónico.

Las diferentes posiciones de esos ejes

dimensionales provocan que los procedimientos los interpreten como otros tantos y distintos "Quantum", como momentos orbitales o cargas eléctricas o masas electromagnéticas.

Cada *swivels* está integrado por un haz de estos "ejes", que no pueden cortarse entre sí. La aparente contradicción quedó explicada, cuando los expertos comprobaron que no se trataba de ejes propiamente dichos, sino de ángulos.

El secreto estaba en atribuir a los ángulos un nuevo carácter: el dimensional.

En este sentido la materia está orquestada por cadenas de *swivels*, cada uno de ellos con su propia y peculiar orientación, en la que alcanzamos la inversión absoluta de todos y cada uno de los ejes de los *swivels* y la nave estaba lista para el salto dimensional que el proceso requería de acuerdo a la programación que Damián organizaba en el panel de mando.

Una resplandeciente luz multicolor se produjo ante nuestra vista y sentimos un suave adormecimiento como parte de los efectos neurológicos que sufrimos, aunque ya teníamos los correspondientes elementos de protección que nos permite preservar la integridad celular,

Nos habíamos colocado antes del impacto unos cascos con gafas protectoras, similares a los de los trajes espaciales y de la misma manera, como en el viaje anterior a este salto, estábamos conectados a un circuito que registraba nuestro funcionamiento del sistema molecular, sanguíneo, cardiovascular y el flujo electromagnético cerebral.

Además de todo eso, el consumo de la bebida con un producto químico oral, que protege las células tras consumirlo adicionalmente y que permitía contrarrestar los efectos negativos que producen los saltos dimensionales.

## La nueva búsqueda

Los registros de la nave indicaban que ya estaba listo el lapso de tiempo transcurrido durante el salto, el cual nos condujo hasta una montaña adyacente al territorio de la prefectura de Yamanashi, entre las oblaciones de Edo y Nagoya.

Un leve silbido o sonido que escuchamos de manera descendente nos indicaba que el salto estaba concluido hasta esa región, en la que Damián tenía que realizar los mismos procedimientos de camuflaje para lo que la nave ya estaba preparada, configurada y de ese modo impedir ser detectados.

El experto piloto de Damián realizaba la revisión de todos los instrumentos mientras Sergio y mi persona nos despojábamos de los equipos y las conexiones y cambiamos nuestros trajes por las tradicionales formas que en los tiempos de la era que usaban los japoneses.

Nuestra nueva ubicación geográfica y otra línea del tiempo nos señalaban; según los indicadores, que nos encontrábamos distante cerca a la carretera de Tokaido, entre las poblaciones de Edo y Nagoya en el año 1867

# Capítulo II
## La ruta hacia la aldea

Tomaríamos la vía hacia Edo y Nagoya, las cuales eran las indicadas para llegar a la aldea y teníamos que recorrer una distancia de unos 10 kilómetros según nuestros instrumentos y emprendimos el recorrido por esa ruta desconocida, accidentada y llena de sorpresas, porque los aldeanos y comerciantes transitaban tomando en cuenta algunas consideraciones de rigor.

Los riesgos eran diferentes, pero teníamos que emprender la caminata, a menos que logremos un transporte de los que en esa época utilizaban los lugareños y residentes de ambos sectores.

Llevábamos nuestras despensas personales entre algunos productos de consumo como agua, almendras, pequeños envases de primeros auxilios, monedas de diferentes categorías, pequeñas piezas de oro y otros efectos camuflageados que impidieran sospechas de los desconocidos con quienes existía la posibilidad de encontrarnos.

Una carretera empedrada era nuestra vista que teníamos en la ruta hacia Edo y a medida que caminábamos observamos de ambos lados abundante vegetación sin descartar escenas de labriegos en ambos lados, desniveles del piso, pequeñas y medianas formaciones y todo un escenario característico.

Mientras tanto ambos caminábamos, por la vía en la que ya habíamos recorrido unos dos kilómetros bajo la luz del sol que variaba de acuerdo a las blancas nubes que se movilizaban en el firmamento, cuando de pronto se escuchó un gemido.

Desconcertados giramos en redondo a la búsqueda del origen del cavernoso ruido, pero seguimos ciegos al no lograr conocer el extraño sonido del que nos imaginamos que era un animal.

Los instintos nos impulsaron a imitar a los guerreros y ponernos en guardia sin meditarlo dos veces, con el miedo hormigueando en las entrañas, nos lanzamos en persecución de una sombra que se desvanecía al paso del crepúsculo de la aldea.

No sabíamos qué estaba pasando y tampoco sentíamos demasiados deseos de averiguarlo; sin embargo, las cosas no eran, ni iban a suceder como imaginábamos.

Apenas iniciada la frenética carrera, otra sombra surgió por la izquierda y en pleno terraplén y el eco; al llegar a su altura, se hizo claro y profundo cuando en esos momentos escalofriante, mi piel se erizó de manera involuntaria, al mismo tiempo que entendí que le sucedió también a Sergio.

Era un temor sobre las posibilidades enigmáticas de este encuentro con lo desconocido.

Algo en mi subconsciente me obligó a detenerme, a lo cual mi compañero se sumó medio aturdido por un terror absurdo e irracional, con las pulsaciones desbocadas, retrocedí hasta situarme frente a la "sombra".

Mis piernas estaban a punto de alcanzar el final del pequeño desfiladero que conduce a la aldea, pero el eco, efectivamente, resonaba nítido en el fondo de una hondonada que tenía ante mí.

Un bastón que portaba, el cual me ofrecía en aquel lugar una distancia de un metro de altura por otros dos de ancho, medio cerrada por el ramaje y despacio, muy despacio, fui agachándome, escrutando la oscuridad de un agujero e intentando identificar los sonidos.

Pero Damián se había percatado o enterado de lo ocurrido por medio de los implantes y buscó la manera de avisarnos mediante la conexión de nuestros comunicadores de onda corta y Sergio, a trescientos o cuatrocientos metros de distancia, él me hacía varias señales, gritando algo que yo no entendía.

Y cuando me disponía a alejarme; convencido de que podía tratarse de la guarida de alguna alimaña, el eco, más cercano, me erizó los cabellos, pero algo reptaba o arrastraba la tierra a su paso, precipitándose hacia la salida.

Con la voluntad y los nervios en desorden traté de retroceder, pero el bastón se me fue de entre los dedos y al inclinarme para recogerlo, entre los cada vez más cercanos gruñidos, creí identificar un sonido humano; era algo similar a un grito, mitad lamento, mitad aviso... Algo parecido a un fantasma.

¡Ooh! en efecto, ¡era una voz humana!

Al sonar en la boca de la hondonada, aquel repetido e insistentemente grito sofocado, me hizo comprender lo que tenía ante mí.

El lugar; cercano a lo que hoy se conoce

como la comuna de Edo, era el forzado reducto de una partida de enfermos, vecinos en su mayoría de las aldeas y pueblos colindantes.

La ley y las costumbres les obligaban a permanecer aislados y en caso de proximidad a caminantes o núcleos habitados, a producir los mencionados gritos de advertencia.

Lamentablemente, a causa de la ignorancia en materia sanitaria, el término enfermo se hizo extensivo y dolencias que no tenían nada que ver con la interpretación del caso.

Bajo los harapos; unas manchas lechosas corroían los tejidos de las manos y del rostro, desnaturalizando al individuo que apareció frente a mí persona y de mi acompañante, se trataba, seguramente, de una de las enfermedades más generalizadas en la zona.

Los japoneses se habían librado de varias pandemias asiáticas y viviendo en un archipiélago, pero manteniendo un comercio limitado con el continente, los nipones sufrían pocas epidemias.

La contrapartida a esta relativa paz era, por descontado, el hecho de que la población japonesa carecía de inmunidad para enfermedades que en otros lugares ya no golpeaban tan fuerte.

Aquellas plagas históricas fueron de viruela, una de las enfermedades contagiosas de origen viral que más sufrimientos han ocasionado a la humanidad y sus altas fiebres producían un elevado índice de mortalidad, dejando a los supervivientes característicos hoyos en el pie.

Los tentáculos de la viruela llegaron también a la entonces capital de Heiankyō, donde los cuatro hermanos del clan Fujiwara que regían los destinos del país perecieron, quedando este sumido en el caos.

Auxiliadores, sacerdotes, ricos y pobres, judíos o gentiles procuraban distanciarse de estos apestados, no concediéndoles otro favor que el de muy de tarde en tarde, arrojarles a sus pies alguna que otra hogaza de pan y de granos.

Esta importante y dramática situación hizo más encomiables las audaces aproximaciones del acompañante a los enfermos, por lo cual le sugerí a mi compañero que mantuviera una distancia considerada, pero Sergio era médico antes de entregarse a la ciencia de la investigación y los viajes en el tiempo conmigo con los financistas emprendedores del proyecto.

Conmovido ante la insondable tristeza de aquellos ojos negros -quizá lo único vivo en semejante despojo.

- Le sonreí, e inclinando la cabeza, balbuceé un saludo, a lo cual mi compañero imitó-

El viejo; al detectar mi acento comprendió y yo quedé agradecido por el gesto de simple humanidad de aquel enfermo que correspondió con una frase que mantengo en mi memoria.

## Nada que temer

No era el momento de polemizar sobre tan discutible afirmación y con una nerviosa despedida me distancié.

Pero; súbitamente el tiempo ganado por uno de mis peligrosos impulsos, di la vuelta depositando entre los muñones de sus manos el envase que por precaución tenía en mi poder y que era parte de la despensa de primeros auxilios de la nave.

Por su parte; Damián luego de escuchar todo este inesperado percance nos notificó, que a pesar de la diferencia de su organismo con el nuestro, reconoce que su salud no es la misma que algunos años atrás, debido a que sus continuos viajes y saltos a distintas líneas y diferentes épocas, le han causado un mal irreversible y en su cuerpo hay efectos a causa del viaje a través del tiempo, por lo que el episodio que escuchaba le hizo recordar su propia tragedia.

Nuestra tertulia que tuvimos con el personaje desconocido le hizo remembrar esa situación de carácter irreversible y por eso nos daba cuenta del particular comentario.

Con esto se refería a la apreciación de la enfermedad del desconocido del camino durante nuestro recorrido hacia Edo y nos advirtió, que tuviéramos muy al tanto de dicha situación, citando el caso suyo propio por el que está atravesando.

Mientras tanto, nuestro piloto nos informó también, que haría una maniobra para mover la nave a un lugar más seguro y estuvieran pendientes de las coordenadas que nos haría llegar.

Pues bien; la seguridad de este equipo fue decisiva para tomar en cuenta de llevar a cabo un segundo salto en el tiempo como lo hemos hecho y no es la misma situación de nuestra visita anterior por la diferencia entre ambas zonas y con respecto a la presencia de extraños como el que estamos tratando de considerar

El segundo viaje no había sido planeado en un principio, porque la ubicación y el año exacto de nuestro objetivo no conto con la precisión como luego lo corregimos, con toda la información que obtuvimos atrás con nuestro amigo el monje.

El micrófono lo utilizamos para grabar la conversación que sostuvimos con el enfermo del camino, por lo que Damián intervino.

Era necesario que estos dispositivos de comunicación los utilizáramos con discreción para no levantar sospechas y confusiones entre los habitantes locales.

# Koga:
## *El ninja renegado*

## Capítulo III
### Bajo el sol poniente

Continuamos nuestro recorrido por la vía hacia el nuevo destino llevando en nuestras mentes los breves recuerdos del enfermo y sus acompañantes que dejamos atrás, fuimos contando los pasos hacia Edo mientras de ambos lados de la carretera observábamos sembradíos y agricultores trabajando en ellos.

Árboles frutales, bosques y llanuras diversas rodeadas por las montañas en el firmamento de la aldea de Nagoya por la carretera de Tokaido, era el panorama que ambos vislumbrábamos en esa caminata en la que también circulaban corrientes de agua provenientes de manantiales.

Al mismo tiempo; a lo lejos se observaban algunas lagunas y concentraciones de agua y en el alto horizonte, los cambios del color azul celeste hacia el gris y opacándose lentamente, nos indicaba que se aproximaba el anochecer por lo que tuvimos que acelerar el paso.

La puesta del sol ardiente y su majestuoso resplandor nos opacaba la vista por el lado contrario y durante el largo andar nos atropellaban los calores ofuscantes que nos obligaba a consumir un trago de agua fresca de vez en cuando para aplacar la sed, al igual que consumíamos algunas almendras para resistir los ataques estomacales debido a la ausencia del consumo de alimentos durante el día.

Pero no todo era atropellante, ni de amarga resistencia obligatoria como podría describirse, porque tanto Sergio como mi persona charlábamos sobre muchos tópicos durante nuestra caminata y en ese sentido era más entretenida la conversación en ese atardecer, cuando de pronto y con vista hacia un lado de la montaña conformando un valle, la vista nos permitió abrir los ojos ante lo que mirábamos.

Era Edo; el principal centro poblador en el camino de nuestra misión lo que mirábamos los dos, lo cual nos produjo una sonrisa que nos impulsó a exclamar:

—Mira, vamos llegando a la ciudad, ya nuestro viaje dio sus frutos y nos condujo al objetivo, —

- Le notificamos Damián por medio de los comunicadores que teníamos implantados la proximidad de nuestro objetivo.

—Perfecto; — Nos respondió nuestro guía del tiempo, —

Ya los tengo ubicados en mi equipo, espero que el anochecer los acoja con bien en ese pueblo y sus habitantes tengan el mismo sentido de hospitalidad que otros.

¡Nos indicó el piloto, quien a medida que nos hablaba, escuchábamos ciertos sonidos musicales que emanaban de la misma frecuencia con la que nos comunicábamos!

— ¿Y eso? —Le pregunté.

—Es mi archivo personal, jajajaja, para entretenerme, — indicó al respecto el operador de la máquina del tiempo mientras Sergio y mi persona nos reímos de la misma manera.

—Suerte muchachos, cuídense mucho, mantengan un bajo perfil y una apariencia muy pasiva.

—Nos comentó el piloto desde su camuflageado refugio tecnológico.

Moría la tarde y los pasos de nuestros pies

parecían acompañarnos durante el compás del acelerado despliegue de las nubes grises, que circulaban bajo los reflejos del sol poniente que bañaban las localidades de Edo, Nagoya hacia nuestra vista, las cuales estaban marcadas en nuestros mapas.

Mientras tanto, para el momento en que nos acercábamos a la aldea de Iga, mis pensamientos divagaban acerca de este milagro tecnológico que nos condujo a esta inexplicable aventura.

Teníamos casi seis horas caminando, por lo tanto mi conciencia sobre lo que ocurría alrededor de esos pueblos era bastante rudimentaria.

A unos pocos kilómetros de allí, se ponía en resguardo esa máquina sobre la que muchos podrían dudar de su existencia; ya que dicho equipo era un proyecto tridimensional de alto nivel y ultra secreto, del que gracias al espía ruso que nos dio la información sobre su existencia, eso nos permitió contactar a los miembros de tan delicada pieza que ahora nos colocó en este lugar en esta otra dimensión.

Acerca del tema en referencia por el cual mi mente se concentró por breves lapsos de tiempo mientras avanzamos a la población de Edo, mentalicé que 50 años atrás de nuestra era; la Agencia Central de Inteligencia de Estados Unidos, es decir la Cía., fue forzada a publicar documentos que confirmaron lo que algunos ya sospechaban.

Desde allí ellos Habían financiado varios experimentos de control del tiempo, utilizando descargas electromagnéticas, drogas alucinógenas y otras terribles técnicas, a menudo sin el conocimiento de las víctimas.

Ésa fue una de las historias del espía ruso que nos había dado la pista para ubicar esta tecnología ultra secreta con la finalidad de viajar en el tiempo, la cual ya estaba en uso y en poder del Japón, pero muchas técnicas fueron cambiadas y mejoradas.

El espía ruso que se nos presentó en esa oportunidad con el nombre de Alex Tropovich; nos afirmó que los servicios secretos de varios países supuestamente lo estaban buscando debido a la magnitud de los ocultos proyectos de esas agencias

—De modo que me han obligado a vivir en la clandestinidad, —respondió a nuestras preguntas.

—Visité el año 2118 como parte de una misión secreta de la Cía., hasta donde yo sé, fue una de las primeras veces que el viaje en el tiempo se completó con éxito, agregó el entrevistado.

—Fui al futuro y luego al pasado y todo esto sucedió en varios años diferentes, —afirmó.

El supuesto viajero en el tiempo también nos reveló algunas cosas sobre la vida en el siglo XXII, sobre lo que nos motivó aún más a conocer los detalles para involucrarnos en una aventura en la búsqueda de nuestros objetivos que estamos a punto de contactar.

Personalmente me explicó, que los viajes en el tiempo se convertirán en algo común y corriente y se realizarán a través de agencias especializadas.

Asimismo, declaró:

Alienígenas inteligentes visitan la tierra de manera regular y ayudan a la humanidad a escapar de los confines del universo y el espacio y comentó que; en los años ochenta, la Cía., investigó las técnicas para alterar la conciencia y escapar del espacio—tiempo junto con esas investigaciones.

Se puede decir, con toda certeza, que Damián era el hombre de confianza de todos ellos y el piloto que conocía de fondo toda tecnología de la nave que en tan solo 180 microsegundos era capaz de realizar la hazaña de transportarnos al lugar al que se le programe y asigne y por eso estamos aquí.

Hasta ahora nuestra caminata y las diferentes emociones que percibíamos por medio de nuestros pensamientos desorientados se juntaron ante la cercanía del pueblo de Nagoya, acerca del cual ya vislumbrábamos muchas construcciones, viviendas, movimientos de sus habitantes y hasta escuchábamos los sonidos y ladridos de perros y otros efectos que nos impulsaron a tomar precauciones.

Viviendas de características milenarias del Japón y algunas edificaciones de la arquitectura japonesa, ya mostraban ante nuestros ojos una pintoresca población tal vez llena de leyendas, historias y personajes de diferentes características.

Algunas eran con estilos folklóricos y otras características de sus formas de vida, pero lo que más nos inquietaba es la vida alrededor de la actividad relacionada con todo eso significaban los ninjas, los guerreros Samuráis, los luchadores y clanes y sus orígenes con tantas enigmáticas historias japonesas.

Entrando ya a la ciudad de Edo, nos ubicamos

en la calle Yayoy, donde en nuestros tiempos durante las excavaciones realizadas aparecieron monedas y reliquias que muestran que sus pobladores tenían relaciones comerciales con todo el continente.

-Ahora nos toca verificar todo -

A finales del siglo XII era una comunidad de pescadores llamada Edo, que era el puerto del golfo o tierra del Ye, situada en una llanura baja inundable por la marea en la desembocadura del río Sumida.

Caminando hacia las primeras calles; nos comunicamos con Damián por medio del sistema implantado en nuestra piel, para que nos ofreciera información en torno a la historia y otros hechos de Edo y en pocos minutos, luego de revisar la base de datos de la nave nos comunicó el siguiente récord histórico de manera resumida:

En 1457, un guerrero llamado Ota Dokuan, construyó un recinto fortificado en torno al cual se concentró la población de la marisma.

De 1486 a 1524 la fortaleza fue ocupada por un vasallo de la familia Uyesugui y luego por Hozio Uzitsuma que unificó la provincia y creó un estado propio con la capital en Odawara.

En 1542 fue cuando llegaron al Japón los primeros occidentales, comerciantes y misioneros españoles y portugueses. Los japoneses acogieron favorablemente la religión cristiana y las armas de fuego.

Hideyoshi; quien había sido nombrado como un nuevo "shogun general" por el emperador, decidió trasladar la capital shogunal desde Kioto hasta Edo y enseguida mandó a su hijo Ieyasu para conquistarla.

## Edo y la dinastía Tokugawa

En 1603; la fortaleza de Edo y su aldea fue conquistada por Ieyasu Tokugawa; se trataba de un pequeño aristócrata provinciano que unificó al Japón, aplastó a los disidentes señores feudales y dio nombre a la dinastía que gobernaría en la ciudad durante siglo y medio, período en el que alcanzaría un gran esplendor.

Ieyasu obligó en esos días a los señores feudales "daimyos", así como a los samuráis a que fijasen su residencia en la nueva capital con sus familias al menos seis meses al año, lo que propició un gran desarrollo urbanístico.

Desde allí se sanearon y desecaron las

marismas y se construyeron canales que favorecieron el comercio.

Desde entonces se dice que Japón tiene dos capitales, por cuyo crecimiento de la nueva metrópolis fue impresionante y en 1787 ya contaba con más de 1.300.000 habitantes. Antes; en 1657 había tenido lugar el llamado Gran Incendio de Edo en el que murieron alrededor de cien mil personas.

La era Tokugawa fue feudal y aislacionista, pero en 1624 se expulsó a todos los extranjeros de Japón, entretanto en 1633 se les prohibió a los japoneses abandonar el archipiélago bajo pena de muerte y en 1637 se impidieron a los navíos de gran tonelaje atracar en el puerto para que no pudieran salir a alta mar, pero preparó a Japón para la revolución Meiji.

Con los grandes y medianos señores empobrecidos, las clases populares en malas condiciones de vida y con los comerciantes y artesanos dominando, fijando los precios a su antojo la situación se hizo insostenible; tras eso, El 9 de noviembre de 1867 el último shogun de los Tokugawa entregó su poder al emperador Meiji.

El resto de la información que nos suministró Damián obtenida de la base de datos indicaba la otra parte del contenido, por cuyas razones teníamos que estar informados, en vista de que estaríamos inter actuando con los lugareños.

En 1868 se inició la trasformación del país por lo que Edo pasó a ser la capital del imperio unificado por Meiji después de una cruenta guerra que frustró un golpe contra su majestad.

El emperador se mudó a la fortaleza de Edo convirtiéndolo en el Palacio Imperial del Japón y cambió de nombre a la ciudad de Edo por el de Tokio, que significa "Capital del Este".

Asimismo; el máximo líder nipón abolió todos los privilegios feudales, al mismo tiempo que abrió a todo el país Japonés a la posterior y actual modernización económica y administrativa y para ello, contó con el poder militar de los samuráis.

Terremotos seguidos de grandes incendios marcaron también la historia de Tokio desde que en 1855 la ciudad fue destruida por un gran incendio y hubo de ser reconstruida sobre la llanura y el delta de Sumida. En 1872 otro siniestro de gran magnitud destruyó a los distritos de Ginza y Marunouchi, los cuales fueron reconstruidos posteriormente según los modelos arquitectónicos occidentales.

## Capítulo IV
### La ruta de los clanes

Entrando a Edo reducimos nuestros pasos al ritmo que nuestra curiosidad por medio de las cuales, las miradas hacia nosotros giraban alrededor del pueblo. Fue en esta zona ubicada al noroeste de la prefectura de Mie donde nació el ninjutsu del clan Iga-Ryu.

Esta es una de las razones por las que la misión nos condujo hasta este punto de referencia donde obtuvo su formación nuestro objetivo a quien conocemos como Koga.

Es a partir de esta nueva ruta desde donde tenemos que orientarnos para comenzar la encomendada tarea al día siguiente, porque el anochecer se nos venía encima al ritmo de nuestro ingreso a Edo por lo que consideramos buscar aposento.

En cuanto al nombre original de la aldea a la cual nos dirigimos era la ciudad de Ueno, alrededor de la cual la circundaban otros 5 pueblos vecinos, no obstante; la ciudad se llama oficialmente Iga en nuestro tiempo, pero en referencia a la antigua provincia del mismo nombre, mientras que algunos lugares como el castillo, llevan el nombre de Iga-Ueno.

Divisamos en el pueblo a centenares de toris o arcos naranjas que marcaron el sendero de nuestra ruta donde existen los templos de Ryoan-ji o Daitokuji.

Sus jardines reflejan una expresión del arte zen que los samuráis contemplaban para calmar la mente y componer haikus breves poemas.

En el centro de la ciudad vieja se encuentra la posada de Ishihara, donde iríamos a solicitar refugio. Muy cerca de allí se encuentra Osaka, que posee un esplendoroso castillo, subiendo al sagrado monte Koyasan.

La cumbre queda desde el atardecer hasta el día siguiente cubierta por la niebla y la espesura del bosque adyacente por donde pretendíamos continuar hasta llegar a la aldea Iga.

Alrededor de ella se extienden diversos templos, pero buscamos donde pasar la noche que era nuestro siguiente paso y en el ruta a lo más profundo de la calle aguarda el cementerio de Okunoin envuelto por la magia de los tiempos.

La vía en la que transitábamos estaba muy

concurrida, pero podríamos pernoctar aquí en esta localidad, aunque  si se dispone de tiempo había que retomar el camino del sur, más allá de una pequeña comunidad con el nombre de Kobe para ver el castillo de Himeji que divisamos a los lejos.

Un buen final sería seguir la estela del ocaso de Miyamoto Musashi para después descender al lugar donde combatieron los últimos samuráis.

Para ello había que cruzar el estrecho de Kanmon, adentrarse en la isla Kyushu y llegar a la cueva de Reigando en Kumamoto.

Allí el viejo samurái, vencedor de cuantos duelos participó, se retiró a meditar como ermitaño según los relatos del personaje.

Hasta aquí llegaron los últimos samuráis; que liderados por Saigo Takamori se enfrentaron al emperador asediando la fortaleza, pero fueron rechazados y cayeron masacrados en la batalla de Shiroyama, al sur de Kagoshima. Sobre la leyenda de nuestros tiempos cuenta, que Takamori murió haciéndose el harakiri.

Es lo que aparece en nuestros registros históricos de la era de procedencia.

Nuestra llegada a Edo nos permitió reconocer

muchos lugares que en esta época existen, pero en la nuestra ya han sido totalmente modificadas.

Observamos a un lado de la entrada un gran sauce llorón, al otro lado había un puesto de centinela; ambas cosas de peculiar encanto.

Las calles son amplias y están bien recubiertas de ladrillos y las grandes casas nos daban la impresión de un estilo de vida tan milenaria como característica. La gran mayoría fueron construidas con piedras o ladrillos, o con muchos adornos, con amplios porches, pilares, balcones, cúpulas y torres.

En el centro de la calle principal vimos una serie de puestos ocupados, donde por la noche abundan charlatanes que venden amuletos, alimentos y objetos, así como golosinas, frutas, flores y plantas, lazos y otros artículos apropiados como regalos para los transeúntes.

La disposición de las calles que tenemos ante nuestras vistas, Sergio y mi persona coincidimos, en que son muy similares a las que observamos en los barrios de nuestra época y en muchos templos y santuarios de la zona todavía pudimos observar la actividad de Yoshiwara.

## El templo de los despojos

El lento andar por las calles de la ciudad  nos permitía observar el contraste de un abismo entre nuestra era y de ésta en que estamos llevando a cabo una marcha de reconocimiento.

 Pudimos apreciar la reubicación, porque nuestra referencia indica, que antes estuvo al norte de Asakusa en 1675, pero todavía estaba rodeado de un foso y una muralla para delimitarlo.

El palacio tenía tan solo dos entradas: la puerta Omán al este y la puerta Suido-jiri al oeste, que fue finalmente cerrada a finales del siglo XIX.

Atravesamos en nuestra caminata por el pueblo donde estaba el camposanto Jokan-ji, que en nuestro mapa figura como "El templo de los despojos" o Nagekomi-dera.

Esto lo definen así, porque allí se abandonan en estos tiempos los cuerpos de las personas que eran demasiado pobres para recibir sepultura.

El caso es que las mujeres jóvenes enfermas de sífilis, tuberculosis y fiebres tifoideas, viruela y otras enfermedades que vivían una vida miserable y que no tenían nada que ver las costumbres de nuestra era allí donde terminaban sus días.

Sus cuerpos mortuorios los apilaban juntos en las entradas de ese camposanto, tristemente abandonados, amontonados y olvidados por todos y hasta que se desintegraban con el tiempo.

Tras nuestra búsqueda de un aposento para pasar la noche cerca de Nagoya, caminamos por la empedrada calle Edomachi, según nos indicaba nuestro mapa; porque tanto nuestro estropeo y cansancio, tras recorrer varios kilómetros, las horas nocturnas nos impedían interactuar con los habitantes y lugareños.

Éramos extraños y desconocidos en una comunidad que estaba muy poblada y no debíamos alertar a los guerreros, guardianes samuráis, teníamos que organizarnos para ir en la búsqueda de nuestro principal objetivo en la aldea Iga.

En vista de que vamos a caminar por los barrios de Edo, más que quedarnos en la cama de un simple alojamiento temporal, decidimos mejor alojarnos en la habitación con tatami de un Ryoan y habíamos decidido buscar la posada.

## Las finanzas del tiempo

Teníamos en nuestros registros la forma monetaria en que se desempeñaba la economía del Japón desde la edad media hasta los años 1867 y desde entonces los cambios que sufrieron los sistemas de intercambio comercial para poder justificar el pago del costo de nuestra posada.

Por tal razón, antes del primer salto; ya manejábamos el sistema financiero de la época para poder cubrir los pagos de consumo que nos tocaba honrar, por eso es que ya teníamos en nuestro poder monedas de bronce y cobre de diferentes categorías.

Habíamos traído también algunas piezas de oro, aunque ya se conocía el uso del Yen de esa era y de esa manera tendríamos recursos para pagar el alojamiento, consumo de alimentos y otros gastos para lo que estábamos preparados.

El acuerdo a que llegamos con nuestra tripulación fue en esta segunda oportunidad del salto a este otro tiempo, que nos identificaríamos como comerciantes procedentes de Kioto y requeríamos adquirir productos para el comercio de unas supuestas tiendas o negocios mercantiles al que nos dedicábamos.

En general; los precios en ésa época eran muy diferentes a los de la actualidad y el poder de compra y adquisitivo real era mucho más débil.

Por ejemplo, la comida en general tenía un rango considerable de precios de unos treinta euros de manera comparativa con los posteriores precios modernos.

Entonces; si un kilogramo de cereal cuesta un euro hoy, el precio por la misma cantidad en el año 1300 era de treinta euros, por lo tanto todo estaba conformado de acuerdo a los niveles de la economía local.

Sin embargo, con todo ese laberinto comercial y financiero que en los poblados estaban menos ocupados de la era y zonas de las aldeas rurales; existía el sistema de trueque, pero ese método similar teníamos que organizarlo para poder adquirir productos como ropa y zapatos, los cuales eran extremadamente caros, al igual que todas las herramientas hechas de hierro.

Una pieza simple costaba alrededor de doscientos cincuenta huevos y un par de zapatos costaba alrededor de ciento veinte manzanas y así sucesivamente se desempeñaba la economía japonesa de 1867.

Los trabajadores normales recibían sus pagos cincuenta por ciento en alimentos y alojamiento y una cifra similar en dinero, pero durante el invierno, los salarios se redujeron al setenta por ciento de un salario de verano, de acuerdo con la información que teníamos en nuestros registros.

La diferencia de pago entre un trabajador calificado y un caballero guerrero era de 1.10, lo que significa, que el salario anual de un caballero era diez veces mayor y por eso se mantenía el sistema de trueque con los trabajadores de menor rango y jerarquía.

En la Edad Media, en Japón no se sabía nada sobre las técnicas para mejorar el gusto de productos como el pan y por ello, el método para hacerlo era empleando bellotas y muchos otros substitutos de la harina porque eran tiempos de miseria.

El roble por ejemplo, produce una almendra más dulce que la de cualquier otro árbol; es mayormente más abundante y más fácil de comer, mientras que El haya, daba también una almendra que era muy dulce y muy nutritiva.

Llegamos a la posada según las indicaciones del mapa de nuestro trayecto y la guía del labriego a quien conocimos. Vimos que la posada tenía por nombre Keiunkan, un alojamiento japonés con habitaciones que tienen suelos de tatami, puertas correderas y futones para dormir.

Además de cumplir los sueños de dormir a la japonesa antigua, era un espacio de tranquilidad y relax, donde poder olvidarse de las preocupaciones y disfrutar del merecido descanso.

Nos alojamos en ésta posada en la que acordamos quedarnos hasta el amanecer, pero por si acaso, antes de dormir queríamos ambos solicitar un servicio para cenar como así fue, antes de eso antes de la comida nos dimos en su momento por separado un baño con aguas tibia.

Al día siguiente teníamos que continuar el recorrido hacia la aldea de nuestro destino y así lo hicimos.

La comunidad que tiempos atrás fue una zona rural ahora conocida como Iga, es nuestra ruta de 4.9 km o 7.000 pasos, ubicada cerca en la misma provincia, cuya empedrado tiene una elevación cercana a 0 m y una calificación de fácil acceso.

La idea en el marco de la misión era ir hacia

Iga por la mañana para comenzar nuestra tarea y de seguro pasaríamos por el castillo imperial, pero no sabíamos si nos daría tiempo a todo y al menos al final lograríamos llegar tras enfocarnos en la misión.

Por suerte, la posada a la que nos dirigimos en la aldea de Iga estaba muy cerca de la vía que nos conduciría hasta nuestro objetivo, de acuerdo con nuestras coordenadas en las brújulas y eso lo calculamos para estar allí como a mediodía.

Al cabo de tres horas era el cálculo que teníamos para llegar a la aldea de los ninja, pero era necesario atravesar primero por Nagoya, donde las actividades allí son más intensas que en el objetivo de nuestro viaje.

El trayecto por la misma carretera de Tokaido sería un poco estresante, porque teníamos pocas horas y además, nos convenía explorar si podíamos contratar una carreta de transporte  que es el sistema único de transporte aparte de la renta de caballos.

Iga era un pueblo de regular población a diferencia de las anteriores debido a que lo más resaltante allí era la presencia de los clanes, alumnos y guerreros de varias categorías con pocas personas por toda la calle en ambos lados, excepto los ninjas, instructores, algunos diversos pequeños y medianos comercios y lugares de en los que frecuentan los jóvenes y adultos en sus momentos de tregua y entrenamientos.

Toda esa característica nos convierte en objetivos de ellos y estaríamos a merced del riesgo, por lo que tenemos que trazar un plan que nos permita justificar allí nuestra presencia.

Seguimos las indicaciones del mapa que eran nuestras principales guías por las que teníamos una dotación de tales herramientas gráficas y empezamos a andar hacia el parque donde se suponía que estaba el castillo, cuya referencia aparece en nuestra ruta.

Después de una hora de recorrido en el que estuvimos andando, decidimos preguntarle en el camino a un buen hombre quien era un labriego, quien nos acompañó durante trecho del camino.

El lugareño era un granjero quien por cierto nos dio su ubicación para una posible negociación que haríamos con sus productos, considerando que nos estábamos identificando como comerciantes; pero sus conocimientos acerca de la historia de esos lugares, pueblos vecinos, costumbres y otras informaciones parecían estar entre su cultura y sus convivencias, sobre las cuales nos ayudarían a profundizar mucho más las precisiones del viaje.

La curiosidad de mis instintos me condujo a abordarlo sobre diferentes tópicos de su vida, la de la gente y de sus antepasados, con la precaución de antemano de no tocar el tema de los guerreros ninjas o samuráis, o mucho menos mencionarle la palabra Koga por precaución, aunque es posible que él la incluya en sus comentarios.

Nosotros queríamos saber en ese momento cómo era entonces el movimiento feudal de esos días y aprovechando su condición de labriego, era para mí algo importante documentarme más del tema en el que estamos involucrados.

## Capítulo V
## Yasuke, el samurái negro

El hecho de que nos encontrábamos en medio de una extraordinaria aventura en el tiempo durante nuestros saltos al pasado del Japón y lo que se refiere a la búsqueda del Koga, los ninjas, los samuráis, los clanes, la aldea y todo lo que rodea la misión, me impulsó a tener siempre una motivación para explorar sobre el verdadero protagonista de esta historia.

Es así como abordando personajes solitarios como este y otros que podríamos entrevistar hasta llegar a alguien que nos conduzca a Koga, es la manera de mi exploración psicológica en que me impulsaron mis instintos de investigador.

Pero con relación al comentario en referencia de mi entrevistado, me propuse a explorar sus conocimientos en la materia con la finalidad que de su propia iniciativa mencionara el nombre de quien ando en su búsqueda en esta línea de tiempo.

Pero ese fue el tema del que me habló el nuevo entrevistado al que conocimos con el nombre de Yhamakoto y nos comentó, que cuando llegó a Japón un joven al que llamaban Yasuke, fue la forma como la trágica y brutal trata de esclavos se convirtió en una faceta bien conocida de la historia desde Kioto Hasta Edo.

—¿Por qué no nos cuenta acerca de ese personaje? —Le pregunté.

—Está bien, si me permiten les concederé un buen tiempo del mío para que conozcan ese antiguo pasado de quien llegó a esta tierra de manera extraña, —

Nos respondió y explicó que:

—Por ahora pocos conocen muchas de esas historias de migrantes fuera de este continente.

Aclaró el aldeano en medio de su oportuna presencia.

Y así nos relató, que las historias de dinastías reales en la India, de intérpretes en China y del primer samurái nacido en el extranjero, trajo a esta región hace muchos años muchas de las técnicas de lucha cuerpo a cuerpo.

Seguidamente el entrevistado nos narró; que hubo un migrante conocido como Yasuke, quien fue un personaje que había sido capturado por traficantes desde África y enviado a la India cuando era muy pequeño, luego comenzó a trabajar para el director de las misiones jesuitas en Asia Alessandro Valignano, quien lo trajo al Japón.

El destino final de Valignano fue éste país, hogar de la misión más exitosa de Asia a donde llegó en 1579 con Yasuke:

—Nos indicó de esa manera el señor Yhamakoto, de quien dedujimos también que era todo un cronista.

De acuerdo con sus relatos; el joven acostumbraba a montar a caballo entre la multitud de lugareños y era que para los japoneses de la época lo trataran como la primera persona originaria de África y también debido a que el morenos Yasuke era "Gigante", de 188 cm de altura.

A esto había que sumar que aprendía el idioma rápidamente y que, como a menudo se representaba como Buda por su piel negra, muchos lo veían como un visitante divino.

El labriego nos entretuvo con la historia del místico Yasuke, a quien le obsequiamos unas piezas de cobre como compensación a su elocuente relato y desde allí emprendimos nuestro recorrido.

## Siguientes pasos

Continuamos nuestra caminata y rumbo al objetivo; ya estábamos descansados de la caminata y notificado a Damián sobre nuestro rumbo, quien de manera afirmativa nos respondió que nos deseaba mucha suerte.

Sin embargo; queríamos saber sobre su permanencia en la nave, en la que de antemano conocemos sobre las cómodas butacas con las que está equipada y otras ventajas que le permitían permanecer en buen resguardo.

—Todo bien, —nos comunicó el compañero al igual que nos preguntó lo mismo sobre nuestra Posada.

—Dormimos excelente y hasta nos bañamos con agua mágica, porque nos produjo energía para la continuación, —Le respondimos a nuestro piloto del tiempo.

—¿Y la cena y el desayuno?

-Preguntó Damián-

—Oh excelente, pagamos con tu tarjeta de crédito.

Le jugamos toda una broma a nuestro fiel compañero de viaje del tiempo.

—Jajajaja ¡Qué bien ya me llegó la factura! dijo de la misma manera reconociendo que se trataba de una jugada verbal.

En verdad fueron cuatro piezas de oro que nos costó todo el servicio del hospedaje, pero enseguida le aclaramos con otras suaves risas.

De esta manera iniciamos los siguientes pasos y luego nos tocó atravesar la aldea de Osaka, donde podremos interactuar con sus habitantes y familiarizarnos con ellos tomando las precauciones de rigor.

Acerca de esa localidad le solicitamos a Damián que nos describiera una información para familiarizarnos con sus movimientos, y geografía, su gente y sus costumbres, por lo que nos envió el siguiente contenido extraído de la base de datos de la nave.

## Una ciudad flotante

Osaka no era una ciudad portuaria sin alegría e industrial ubicada al borde de la isla, donde la gente además de que iba sencillamente a trabajar; más bien era un lugar apacible y despreocupado.

Todo formaba parte del "Mundo flotante", denominación genérica de la cultura de la época, exuberante y ansiosa de placer que inspiró "relatos flotantes" ukiyo-zoshi y la picante y desenfrenada murmuración o conversación flotante.

Todos los ciudadanos de Osaka y Nagoya, eran unos ricos feudales y comerciantes, artistas, artesanos, también eran unos muy persistentes, cortesanos, así como prestamistas, e igualmente contables, comerciantes tenderos hasta fabricantes de distintos productos, animadores y propietarios de casas de té, parecían disfrutar de suficiente tiempo y dinero para gozar de la vida.

Otras se especializaban en cerámica; la delicada porcelana vidriada de superficie finamente agrietada de la provincia de Satsuma, las suaves tazas y teteras color verde manzana para la misteriosa ceremonia del té, o esbeltos floreros de un profundo azul translúcido o marrón bruñido.

Los fabricantes de pipas artesanales también desplegaban un gran ingenio; las adornaban con un tejón sonriendo con las manos en el lomo, un dios del trueno inflando los carrillos o también un mono columpiándose de una rama.

Otros accesorios que ellos fabricaban allí, el

cual era indispensable para salir por la ciudad era el abanico, que no solo refrescaba en los días calurosos, sino que también, según se decía, atraía la suerte y ahuyentaba el mal.

## Los mártires japoneses

Todos los productos delicados y lujosos de Japón fluían en Osaka y a las otras dos grandes ciudades del país: Edo y Kyoto.

Edo fue la capital administrativa desde la restauración de Meiji, desde donde gobernaban al Japón con indiscutida autoridad los shogunes generalísimos del poderoso clan de Tokugawa y era un centro de intriga donde los clanes de samuráis leales al shogun estaban prestos a defender su gobierno.

Mientras tanto Kyoto era la ciudad real, sede del casi impotente emperador y su corte.

Ésta quedó como refugio tradicional de todo lo que era aristocrático y elegante, pero anticuado.

Esta era una ciudad trasnochada; porque por poco atrayente que era para los nuevos ricos y mercaderes del Japón, que acudían a Osaka o a Nagoya a divertirse, pero ningún barco mercante europeo anclaba en la bahía de Osaka para cargar sus sedas, pinturas y porcelanas, ni tampoco navegaban por allí las embarcaciones de altura japonesas, porque entonces tenías sus mecanismos de exportación desde en otros puertos.

Solo los pesados juncos costeros eran los que transportaban el arroz y el saké; es decir, la bebida alcohólica a los puertos locales y recibían a cambio arenques secos y las algas provenientes del norte, o muñecas regionales, cestas de hierbas trenzadas del sur, pero sin embargo, fue a partir de 1636 que se promulgaron varios decretos aislando al país del resto del mundo conocido.

Se prohibió en ése año bajo pena de muerte abandonar el Japón a todos los japoneses y a los que residían en el extranjero fueron condenados a un exilio permanente.

Se expulsó también a todos los migrantes externos, salvo a unos pocos comerciantes chinos y holandeses a quienes, bajo severas y muy fuertes restricciones, pudieron quedarse en un islote costero de la bahía de Nagasaki.

Esta ruptura de relaciones del Japón con los europeos duró tres siglos y después se interrumpieron así unas relaciones que habían comenzado casi un siglo antes en 1542, cuando tres navegantes portugueses, desviados de su rumbo alcanzaron Japón en un junco.

Los emprendedores comerciantes lusitanos, ya establecidos en Macao, siguieron a sus compatriotas y formaron colonias comerciales.

Detrás de ellos llegaron, no solo los comerciantes españoles, holandeses e ingleses, sino también numerosos misioneros dispuestos a convertir a los súbditos del shogun al cristianismo.

Finalmente fueron expulsados del país todos los bárbaros de cabello rojo, como los denominaban los nativos a los europeos, salvo unos pocos comerciantes holandeses encerrados en Nagasaki.

## Objetivo a la vista

Nuestros pasos y la búsqueda del objetivo comenzaron a darnos sus frutos, luego de transcurrida la noche en la posada y prepararnos al amanecer para continuar con nuestra misión.

Caminábamos al paso de los compromisos de acelerar la búsqueda de Koga, la aldea y otros objetivos en nuestra agenda y el fresco sol de la mañana nos animaba a acelerar la marcha cuando transitábamos por la carretera de Tokaido que nos conduce a la aldea de Iga, pero teníamos que atravesar a Nagoya..

## Capítulo VI
## Encuentros inesperados

No habíamos avanzado mucho para cuando divisamos el templo imperial que era el legendario lugar del emperador Meiji, de quien tenemos en nuestro esquema de búsqueda sus datos, origen y toda la posible información necesaria del hecho circunstancial del porqué su vida había estado vinculada al guerrero Koga y a los samurais y ninjas que conformaron un círculo de intriga.

Allí estaba a nuestra vista el Palacio Imperial, el cual había servido como lugar residencial de los sucesivos emperadores desde 1868.

Es la residencia imperial y el complejo del palacio, donde Su Majestad el Emperador asume sus deberes oficiales, en el que también se celebraban varias y diferentes tipos de ceremonias y actividades públicas, por lo que tendríamos que detenernos brevemente para realizar nuestras observaciones.

A simple vista; allí los Jardines del Este del Palacio Imperial se encuentran en la parte oriental de los terrenos del castillo y donde se observan cuadrillas de efectivos samuráis custodiando la entrada y todos los alrededores.

Revisando entonces nuestros registros sobre la majestuosa edificación, sus instalaciones ocupan la parte principal del antiguo castillo de Edo.

El emblemático refugio imperial, creado por primera vez a mediados del siglo XV, fue ampliado masivamente a fines del siglo XVII por Tokugawa Ieyasu, fundador del shogunato Tokugawa.

Mientras tanto, Kioto continuaba siendo en esos días la ciudad capital del país desde donde los emperadores nombraban a los descendientes de Ieyasu como shogunes.

Los restos del castillo, como fosos, paredes de tierra y piedra, torres de vigilancia y puertas fortificadas son características destacadas de la edificación.

Aunque para nuestro trabajo no era tan resaltante la magnitud del palacio, nuestra tarea consiste en el avance de la misión y ahora consideramos que estamos cerca por lo que nos pusimos en guardia mentalmente y le comunicamos a nuestro piloto sobre este paso, mientras nos dispusimos a continuar.

No era conveniente levantar sospechas entre

la guardia imperial y ante la inquietud que nos posicionó, continuamos nuestra marcha con la discreción que ameritaba el momento.

## Un misterio en nuestro camino

Pero a unos 500 metros adelante hacia la aldea Iga a donde nos dirigíamos, divisamos a alguien sentado sobre una piedra, cabizbajo y al parecer estaba leyendo algunos manuscritos en piel de cabra, por lo que nos llamó la atención.

Sospeché por mi parte que era un espíritu centinela, de acuerdo a nuestras conclusiones posteriores que leía ante el manuscrito algunas notas históricas que nos documentó, porque nos detuvimos brevemente frente a él, pero lo que nos llenó de curiosidad fue las advertencias extrañas de encuentro con lo desconocido en la aldea.

Notas extrañas que se relacionan en primer lugar con las claves del proceso Ninja, Koga y otros datos de interés, era lo que contenía el documento en su poder.

Nos acercamos lentamente al personaje con características de ser un ermitaño, con ropajes azulados y blancos, sombrero de ala ancha característico de los nipones, zapatillas color marrón y una abundante barba en su pálido rostro que nos impresionó.

—Maestro, —Dijimos casi al unísono, Sergio y éste servidor.

Nos dirigimos a él con un gesto respetuoso, simbolizando un característico saludo fraternal, inclinándonos al mismo tiempo que observábamos su silueta.

Alzó su cara y su mirada nos hizo confundir aún más; observándonos con ambos y discretos movimientos de un lado a otro, nos dijo:

—*Abran sus ojos ante los hechos a lo que se van a enfrentar.*

Tales palabras nos dejaron estupefactos, al mismo tiempo que extendía ambas manos sosteniendo el documento de suave color marrón con varias escrituras las cuales nos entregó y nos daban cuenta de que algo o alguien nos estaban vigilando silenciosamente en nuestra misión.

Esto es el pasado y futuro de sus inquietantes tareas y son el legado de los guardianes del tiempo.

Además; el anciano nos pedía que hiciéramos un buen uso de dicha información, tratar de descifrar las pistas, lo cual se convirtió en un reto espiritual por el cual era que estamos involucrados, de acuerdo a este inesperado encuentro con lo desconocido.

A sus espaldas divisamos un camposanto donde, según sus palabras; donde se guardan los restos de los guerreros caídos en combate y en un momento dado en el que se encuentra en cierta y determinada fracción del tiempo y en medio de la magia de los espíritus, que estarán ante la tumba del emperador".

Asombrosa revelación de un extraño guardia o centinela que en ese momento se interpuso en nuestro camino, quien sabía de nuestra misión en la que estaba envuelta la vida y la muerte de los diversos y también enigmáticos representantes de esa región.

Repetimos el gesto del majestuoso saludo, inclinando nuestro cuerpo para retirarnos, e iniciamos de nuevo el recorrido hacia la aldea, caminamos temerosos y tratamos de adelantar los pasos y a unos treinta metros adelante, hice un viraje hacia el lugar mirando hacia atrás al desconocido, pero otro episodio insólito sucedió:

¡Se esfumó ante nuestros ojos!,

¡Desapareció!

Y en ese mismo momento; fue en el que nosotros acelerando nuestros pasos decidimos por mutuo acuerdo revisar el manuscrito en cuyo contenido no había más que una compilación del tema de nuestra búsqueda.

## Invocando al futuro

Nos detuvimos más adelante para revisar con más calma el contenido del documento que nos entregó el fantasma y en realidad, era una guía en torno al tema que nos ocupaba, por cuya tarea deambulamos a través de las líneas del tiempo.

Pero si no era tan importante el material que el anciano nos entregó, algo nos indicaba que tal aparición nos permitía aclarar la ruta para la que nos dirigíamos en busca de quien representaba la vida y la muerte del emperador y el protagonista de su final.

Más aún cuando éste corto episodio con lo desconocido, nos permitió tomar en consideración la presencia de un guardián espiritual en nuestro camino que nos quería avisar sobre una predicción en la que estaba involucrado Koga.

En el ese documento él nos advirtió sobre los

peligros de fantasmas malignos y apariciones que se van a interponer en nuestro camino, por lo que en la piel de cabra que nos entregó, había descripciones de los demonios con los que tendríamos que lidiar, al igual que otras razones cuyo material consistía en una guía para conocer sobre lo que buscamos.

Primeramente, hablaba de la "Yamauba"; una vieja bruja que vivía y asechaba en las montañas y se comía a todos los desafortunados que cruzaban su camino. Usualmente aparecía en forma de una mujer joven que ofrecía buen cobijo a los viajeros perdidos.

Cuando el extraviado se quedaba dormido, usaba su cabello como trampa para su víctima, la arrastraba, la metía a su boca y se la tragaba.

Se dice que "La Yamauba" era entonces una mujer normal que vivía en la zona cuando hubo una hambruna, según la descripción.

Su familia no podía alimentarla y la dejaron en el bosque para que muriera de hambre y después de un tiempo encontró refugio en una cueva, aunque se después se volvió loca y empezó a comer gente, luego se convirtió en la bruja Yamauba por desesperación o ira.

Nos indicó también; que esos mismos demonios que figuran allí, todavía aparecen como mujeres humanas, pero con cuernos pequeños.

También se nos describió el caso de las namanari que usaban la magia negra para hacer cosas malas como invocar a "Ikiryo", un espíritu que salía del cuerpo de una persona viviente y que atormentaba a las personas en algún lugar. Estos demonios no eran completamente malos y todavía podían recuperar su humanidad.

## Los seres malignos enigmáticos

Para continuar con la lista también figuran en el papiro del extraño anciano, las descripciones de tres malignos espíritus, de quienes se conoce que serían los demonios de nivel medio, muchos de ellos con cuernos largos y filosos y colmillos que se parecen los elefantes. La magia de éstos era más poderosa que la de las namanaris pero siguen siendo vulnerables a un rezo budista.

El primero corresponde a los Honnari!

Son las más poderosas de las tres; éstos últimos tienen cuerpos de serpiente y lanzan fuego por la boca como dragones que están poseídos por los celos que ya no tienen salvación.

Le sigue los ¡Abrume!

Que eran unas criaturas muy malvadas; seres monstruosos con cabezas de mujer y cuerpos de serpiente, las cuales merodeaban las costas o los ríos, pero se disfrazaban de mujer fingiendo que estaban en peligro, pero cargaban a un bebé, para que cuando alguien se les acercara a ayudarla, el neonato se volvía tan pesado como una piedra, e impedía que la víctima huyera.

En ese momento, era cuando la bestia atacaba y chupaba toda la sangre de su presa.

El relato contaba por ultimo; sobre un "Inō Heitarō", que era un joven de adolescente de Miyoshi que soportaba el día y la noche el acoso de diversos yokais, durante varios episodios.

Esta historia pertenece a la época Edo, pero no solo era oralmente en esa zona, sino también mediante rollos ilustrados y manuscritos.

Los distintos monstruos que destacan las escrituras, describe sobre un aparecido con cabeza de mujer caminando de forma invertida, usando su cabello como si fueran piernas, mientras que ríe con ganas, formando un rostro parecido al de una anciana enorme, que pegada a un techo lamía la cara del Heitarō mientras este dormía.

Todos estos relatos se encuentran igualmente en las narrativas de las escrituras en piel de cabra que nos entregó el ermitaño y son parte de sus advertencias.

Más abajo; en ese mismo manuscrito, nos muestra un contenido de historia y de personas vinculadas a Koga y su aldea.

Hablaba también de "Los Kurokawa", quienes eran unas familias guerreras originarias de la provincia donde pertenece Koga, de cuya población procede el nombre del ninja renegado y sus conocidos por crear tres clanes de guerreros:

Los Kurokawa Ryu Jūjutsu, que actuaban como guardias personales de los oficiales de la familia, los Koga Ha Kurokawa Ryu, adiestrados en el sabotaje y el clan Mino Saito Ryu Ninjutsu, que se formaron para proteger los dominios familiares.

Sin embargo, existía otro clan el Ninjutsu de Koga Ryu, el cual es el que más se destaca y prevalece como mercenarios de la misma casta, pero son o eran los de mayor importancia en el Japón, aparte de los de Iga Ryu y el de Koga Ryu, que estaban conformados por las 53 familias más poderosas que se fundaron bajo el periodo Tenkyo.

Este clan se destacó en la guerra contra Taira No Masakado y de esa manera recibió como regalo las tierras en el sudeste de la provincia de Omo, por cuya razón les cambió el nombre por el de Koga Oni No Kami Kameie.

Pero, fue su hijo llamado como "Oni No Kami Iechika", quien era un talentoso en temas militares y de quien se suponía que habría sido uno de los fundadores de Koga Ryu.

Es así como los Ninjas de Koga continúan activos y se enfrentaron en la batalla de Shimabara No Ran.

Luego de eso; la escuela de Koga se mantuvo activa a través de un ronin llamado Fujita Seiko, quien fue él, quien con la ayuda de Koga crecieron hasta llegar a formar el clan Ryu de Koga.

Considerado como el último gran maestro ninja de Koga; Fujita Seiko, era el tradicional y verdadero ninjutsu de Koga Ryu; quien de forma real afirmó que la escuela de Koga había desaparecido y aseguró, que el único heredero de las tradiciones ninja de Japón era el gran maestro Masaaki Hatsumi.

## La llegada a la aldea

Nuestra llegada a la aldea era inminente y ya vislumbrábamos los alrededores de la provincia, cuando después de una hora más de caminar desde que dejamos atrás el guardián espiritual, nuestros ojos se tornaron hacia el enfoque de un panorama en el que teníamos a la vista el epicentro de una historia que nos condujo hasta este lugar.

Rodeada de montañas, el valle de la provincia de Iga, parecía bastante inaccesible debido a las muy malas condiciones de las carreteras, pero para nosotros fue relativamente fácil acceder al área desde las cercanías de Edo, así como también desde las ciudades más grandes de Osaka y Nagoya existe esa situación de las condiciones por donde atravesamos luego de que dejamos atrás el castillo de Iga Ueno.

En ése momento fue el anticipo del final del recorrido que nos tocó realizar y con el alucinante encuentro con el profeta desconocido. sus advertencias y nuestra misión, sobre la cual se refería, fue como el preámbulo del premio a nuestra búsqueda, tanto de la provincia y la aldea como de nuestro siniestro personaje principal.

## Capítulo VII
## El símbolo de los ninjas

Aparte de las diferentes historias de terror, leyendas, relatos, crónicas, cuentos y similares; existen también diversos casos, muchos de los cuales son de la vida real y otros son fantasías.

A lo largo del mundo de todos los tiempos, existe una gran cantidad de mitos y tradiciones procedentes de la amplia diversidad de culturas que han existido y continúan a lo largo de la historia.

Pero una de las mitologías que más suele fascinar al mundo occidental es la japonesa, la cual genera gran interés y se ha ido popularizando a lo largo del tiempo y la más resaltante es, la de los ninjas y los samuráis, de quienes estamos investigando desde los confines del tiempo.

Son múltiples los mitos y leyendas japonesas, a través de las cuales los antiguos pobladores de la isla intentaban dar una explicación al mundo que les rodeaba y que siguen siendo objeto de inspiración para múltiples escritores y artistas.

Las leyendas japonesas de terror son un sistema de creencias que integran las tradiciones en ese país y están formadas por una importante colección de mitos urbanos, cuentos e historias sobre aterradores hechos sobrenaturales trasmitidos de generación en generación.

Al igual que sucede con las leyendas de terror coreanas, en las que durante distintas ocasiones, muchas versiones giran alrededor del mismo hecho y algunas más populares que otras.

Pero una de las más famosas leyendas ninjas cuenta que Ieyasu contrató a ochenta ninjas Koga dirigidos por Sukesada para infiltrarse en el castillo de Imagawa.

Tomar el castillo iba a ser difícil para Ieyasu, especialmente porque los Imagawa habían tomado a algunos de sus familiares como rehenes.

Trabajando junto con Hattori Hanzo, Sukesada y sus ochenta ninjas Koga, se infiltraron en el castillo, incendiaron sus torres y mataron a doscientos soldados de la guarnición, incluido el general.

Este incidente es narrado al detalle en el Mikawa Go Fudoki. Este ninja fue un héroe semi legendario muy parecido al famoso Robin Hood; un mito creado sobre un personaje héroe fuera de la ley que robaba el oro y los objetos de valor a la gente rica para dárselos a los pobres.

De hecho; ésta es una de las leyendas ninjas más famosas que existen entre las que aparecen en los documentos históricos, en los que se dice, que la muerte de Goemon fue trágica, ya que lo hirvieron en vivo delante del público junto con su hijo después de un intento fallido de asesinar al señor Toyotomi Hideyoshi.

Su narrativa sigue viva y a menudo de forma exagerada y mostrando fantásticas habilidades ninjas, en las que resalta sobre su vida lo poco que se conoce, pero se trata de uno de los ninjas reales que salen de sus propias fantasías.

Los dos clanes ninja más famosos eran el de Iga en la prefectura de Mie y la provincia de Shiga. Estas zonas rurales estaban relativamente libres de los señores de la guerra y querían que se mantuviera así.

Pero los señores de la guerra no eran de la clase de las personas que iban a permitirlo, así que Iga y Koga se convirtieron en lo que podríamos llamar comunidades de autodefensa, aunque la forma como llegaron a averiguar más tarde difiere a veces.

Fujibayashi Nagato; fue un líder de los ninjas de la provincia de Iga durante el siglo XVI, quien combatió al servicio del daimio del dominio Oomi en sus batallas contra Oda Nobunaga.

De acuerdo con registros  no confirmados, sostienen que el apoyo de los ninjas a los enemigos de Oda Nobunaga, uno de los unificadores del Japón, ocasionó que este daimio atacara al castillo Ueno de Iga, matando alrededor de cuatro mil ninjas.

Los sobrevivientes tuvieron que huir y esconderse en otras provincias, mientras que la familia de Fujibayashi Nagato trató de preservar la tradición y las técnicas ninja con sus descendientes, los Fujibayashi Yasutake, éstos habrían sido quienes habrían recopilado el contenido de "El Mansenshūkai", que era una colección de registros de los ninjas de Iga y de Koga escrito en 1676 que condensa su pensamiento en filosofía, estrategia militar, astrología y conocimiento de las armas.

Con el establecimiento de la era Tokugawa desde 1600 hasta 1867, se prohibió y se persiguió el cristianismo; se establecieron mediante sistemas de castas de estratificación social similar, al de La India.

Por ésta razón; los mecanismos feudales, conservaban las extrañas historias y los hechos relacionados con el sistema imperial, la formación de los clanes y mucho más, las cuales son piezas claves para de antemano a nuestro arribo a la aldea de Iga, tenemos mayor conocimiento de los antecedentes que ponen en práctica los códigos de conducta de la aldea.

Durante al menos 200 años; el país se aislaría por completo del mundo Sakoku, por lo cual no se permitía la entrada de extranjeros al país, salvo a los chinos que eran los únicos que podían residir en el archipiélago.

Nuestra misión no estaba incluida en esa época del tiempo.

La presencia de las familias de los ninjas, los samuráis y las reglas del imperio de Meiji, le dieron rienda suelta a cientos de hechos dramáticos que estremecieron los cimientos de la doctrina japonesa y fue adoptada por los mismos vecinos con lineamientos similares y milenarios.

Pero durante la transición entre Komei y Meiji, fueron expulsados a todos migrantes europeos que vivían en Japón y estaba prohibida la salida de japoneses fuera del país, por supuesto que esto representaba un régimen totalitario que despertó intriga desde diferentes ángulos.

Todo aquel japonés que había emigrado y que se atreviera a volver era castigado hasta con pena de muerte; no obstante, ya en mitad del siglo XIX, el aislamiento era difícil de mantener.

Los rusos, los ingleses o estadounidenses, no dejaban de merodear sus islas, especialmente por intereses comerciales que sí mantenían con China.

Estados Unidos en concreto influyó en la apertura nipona al mundo y también habría sido en los cambios políticos y sociales arrolladores que se presentarían en los años posteriores.

Los acuerdos comerciales primero con Estados Unidos y luego con otras naciones como Francia, Inglaterra, Rusia o Países Bajos supusieron la apertura de Japón al mundo, ya en la década de los años 60 del siglo XIX.

De ésta manera, ésta apertura produjo finalmente el fin de la era Tokugawa en Japón para dar paso a la era Meiji.

A partir de 1867 se hicieron reformas que cambiaron por completo el modelo de Estado-nación de Japón y de su economía y es entonces que florecen las pandillas, guerrilleros, grupos de guerreros, sicarios y el nacimiento de líderes guerreros, pero uno de ellos conocido con el nombre de Koga, fue quien en un momento determinado frustraría el asesinato del emperador.

Es en este punto de referencia fue que el equipo de investigadores que nos ubicó en el futuro para desempeñar un trabajo de averiguación que permitiera corroborar estos hechos, para lo cual tenían bajo su poder un mecanismo tecnológico que nos permitiría viajar en el tiempo, por lo cual ahora estamos aquí donde nuestra travesía comienza su verdadera misión.

## Las caras ocultas del archipiélago

Japón es un país lleno de historias sorprendentes, de misterios ocultos y de leyendas que llaman poderosamente la atención y en este sentido, todo este relato forma parte de la investigación que se nos encomendó.

Al llegar a los dominios de Meiji, la provincia de Iga y el haber recorrido kilómetros, atravesado las líneas y las paradojas del tiempo para encontrarnos aquí, fue como nos documentamos de todas esas crónicas y detalles y por medio de la base de datos de la nave que nos suministró

Damián; luego de eso, con el equivocado trayecto del salto anterior con la extraña figura del monje Koijitsu, quien posee un baúl lleno de documentos alusivos y ahora el formato que el ermitaño cerca del castillo de Edo nos entregó.

Mientras tanto nuestro piloto de la nave nos ha estado monitoreando para esos efectos, pero para los adicionales cuentos y las leyendas entre otros, tenemos en nuestro poder el manuscrito de piel que nos entregó el fantasma del camposanto que dejamos atrás luego de pasar por allí durante el recorrido por el castillo imperial hasta llegar aquí.

*Ainu* es una palabra la cual aparece muy repetida veces en todos esos manuscritos que hemos revisado significa y "Humano" en el idioma Ainu, el cual era un grupo étnico asentado mayoritariamente al sur de la isla de Hokkaido, donde se estima que habitan esta zona desde el origen de los asentamientos humanos en el archipiélago japonés y es por ello que se les define como etnia aborigen.

Su gran diferencia respecto al resto de los japoneses, llama poderosamente la atención sobre el incierto origen de esta etnia que despierta gran curiosidad al analizar su idioma sin ninguna similitud con otras lenguas asiáticas y por otro lado, sus rasgos físicos fuera de lugar, son claramente destacables.

Por ejemplo, muchos de ellos tenían el pelo ondulado y de color castaño, los ojos claros o una altura superior a la talla media del resto de los japoneses y de ésa manera se establecieron por lo que hubo una mescolanza de aldeanos nipones con ésos aborígenes.

Una vez asentados en el archipiélago japonés el mar helado dejó de serlo, por lo que permanecieron aislados durante mucho tiempo antes de que se produjeran las oleadas más recientes de coreanos y chinos hacia Japón.

Este hecho presumiblemente les marcó cultural y genéticamente diferenciándolos del resto de pueblos asiáticos.

Aunque fueron varios de ellos los desertores, comenzamos nuestra búsqueda con los renegados; en éste sentido, un ninja de esta categoría era un shinobi que fue exiliado de su aldea por algún motivo en común.

Generalmente, esta situación sucedía o se repetía, cuando el guerrero habría cometido algún crimen grave que le impide continuar con su estancia en la aldea.

.

Pero no necesariamente había que estar exiliado para ser considerado como un ninja renegado; ya que si un ninja abandonaba su aldea natal por decisión propia, dejando de ser leal a esta, inmediatamente sería catalogado como un renegado, sin embargo existe un código que establece diferencias en éstas definiciones.

La mayoría de las aldeas tratan de capturar y eliminar a estos ninjas mediante un equipo especializado, como los Anbu, ya que podrían poner en riesgo información sobre la aldea a una rival.

Casi siempre los ninjas renegados son catalogados, dependiendo de lo peligroso que sean; no obstante, nos corresponde establecer en esta misión, la razón por la cual Koga sería una excepción junto a otros de su categoría.

El grupo Akatsuki fue un ejemplo de una organización de ninjas renegados, ya que estaba conformado en lo general por rebeldes exiliados, a excepción de Nagato y Koga, quienes son líderes de la "Aldea Oculta de la Lluvia"; pero también entre ellos existe un amparo establecido en el estricto código de honor que también serían una especie de manual de estilo.

## Capítulo VIII
### Intriga en la aldea

Nuestra llegada a la aldea no fue ni tan gloriosa, ni tan penosa debido a que desde poco antes de nuestra presencia corrían los rumores del arribo de dos extraños visitantes que éramos de origen desconocido.

Nos adentramos por la calle principal del lugar y sin cruzar palabras con ninguno de sus habitantes, todo parecía una extraña y silenciosa quietud del lugar tan obvia como elocuente, mientras de manera discreta recibíamos las impactantes miradas furtivas desde muchos ángulos.

¿Estaremos amenazados?

De manera que nos comunicamos con nuestro operador por medio de nuestros implantes secretos para ponerlo al tanto sobre lo que para Sergio y mi persona nos resultaba incómoda.

—¡Atento Damián, algo sucede en la aldea con nuestra presencia en el pueblo!

—Copiado, déjenme investigar.

Nos respondió el piloto desde la nave.

Dadas las circunstancias, nos dispusimos a tomar las precauciones correspondientes, avanzar con cautela y considerando que estábamos en una comunidad de mercenarios ninjas, tratamos de buscar un lugar seguro donde poder aguardar mientras tomamos las decisiones de rigor.

De esa manera nos encontramos en medio de una intriga desconocida, en la que podría producirse algún cambio inesperado con nuestra misión.

Nuestra situación en esos momentos era de un alto nivel de vulnerabilidad, tomando en cuenta que ni tenemos armas, ni somos guerreros o luchadores.

¿Será que nos consideran espías?

Nos preguntamos con mucha discreción mi compañero y yo, a pesar de que no estábamos muy lejos de esa probable sospecha.

—¡Atención muchachos!

Retumbaron los auriculares en nuestros implantes por la voz de Damián.

—Adelante, le respondí.

—He revisado el sistema operativo de los equipos de la nave rastreando señales que pudieran darme repuesta sobre alguna filtración en las líneas de tiempo.

—¡Dijo el piloto de la nave!

—Explícanos por favor— Le indiqué.

Aparecen alteraciones en los niveles de los swivels, fisuras paralelas que vulneran las cargas electromagnéticas en las que posiblemente se habrían introducido ciertas fuentes desconocidas.

—¿Y eso qué significa hermano?

Le preguntamos al compañero de viaje.

—¡Parece una fuerza invisible muy extraña sin masa, como si algún ente hubiera ingresado en el procedimiento del segundo salto hacia donde estamos!

Indicó Damián muy preocupado.

—En otras palabras, "un polizón" invisible se introdujo en nuestro salto, pero es como una energía que se manifiesta en el trayecto de nuestra dimensión.

¡Parece un fantasma; una fuerza sobrenatural

de alto nivel que se coló con nosotros!

Aclaró nuestro operador de la nave.

—¿Corremos algún peligro? - Preguntamos.

—¡Desconozco, pero estén alertas, que yo desde aquí continuaré verificando!

Nos recomendó el especialista.

## Refugiados en la aldea

De esa manera nuestra inquietud, aunque no quedó disipada, tendríamos que estar alerta sobre esa anormalidad.

Pero decidimos continuar con nuestra caminata hacia algún punto de referencia que nos permitiera incorporarnos a nuestra tarea, al mismo tiempo hacer contacto con algunas personas que nos ofrecieran información en torno a un hospedaje o algo similar.

Avanzamos algunos pasos por la calle principal por donde observamos algunos pequeños carteles de diversos negocios y vimos uno que decía suministros, escrito en japonés antiguo.

Fue por curiosidad que decidimos averiguar por los productos que allí eran expendidos e ingresamos a la pequeña tienda con cierta penumbra interna, cuando una voz de mujer nos recibió con un gesto sonriente e inclinándose hacia nosotros.

—¡Hola señores, saludos y bienvenidos, nos expresó!

—Aquellas palabras un poco expresivas, nos animaron a responderle de manera similar, devolviéndole el gesto en forma respetuosa de antemano, cuando de pronto otra persona caminaba hacia ella lentamente con un rostro sonriente.

Al parecer era la pareja de esa dama, un hombre de mediana edad y quien nos ofreció el mismo saludo característico tratando ambos de atender a dos potenciales clientes.

Una época en que el turismo era desconocido.

—Somos visitantes y estamos de paso en esta aldea donde deseamos quedarnos en algún lugar seguro que nos ofrezca servicio de comida, hospedaje y descanso porque procedemos de Kioto y por lo lejos de donde procedemos, debemos buscar refugio y aposento.

Les indiqué, al mismo tiempo que mirábamos

la tienda, en la que se observaban toda clase de productos incluyendo artículos de vestir, alimentos, adornos japoneses, lencerías, suvenires, hierbas, lámparas, cuadros y enseres; ¡Santo Buda!, había todo un mini centro comercial.

Enseguida el caballeros nos indicó que lo siguiéramos; por su parte su pareja la nos hizo una señal con ambas manos para que camináramos detrás del señor, quien a los pocos pasos abrió una cortina color fucsia detrás del negocio y nos invitó a pasar.

Nos quedamos sorprendidos con lo que vimos, porque en el interior tras la cortina había una posada.

¡Era todo en un solo lugar, una tienda por departamento y hasta un hospedaje!

La pareja nos condujo hacia una de las habitaciones donde se observaban dos camas, es decir "Futones" y enseres y closet, por lo que iniciamos un diálogo para establecer el precio incluyendo comida al mismo tiempo.

La cuenta sumaba un total de diez monedas de bronce y al comentarle al anciano que desconocíamos cuantos días nos íbamos a quedar, el hombre sonrió abriendo ambos brazos en forma interrogante, al mismo tiempo que exclamaba mirando hacia el techo:

—Ooooh, santo Buda, — dijo.

Sin mucho regateo, metí mi mano en la pequeña mochila que amarraba a mi cintura y extraje dos piezas de oro que le entregué de manera adicional.

Con ambas manos cerradas y juntadas, el hombre nos ofreció una bendición inclinándose de nuevo como una feliz aceptación del trato y repitió la sonrisa haciéndonos señales que podíamos ingresar a la habitación.

Listo, nuestro hospedaje estaba asegurado y de manera discreta me dispuse en el interior de la habitación a informarle a Damián sobre la solución inmediata de la permanencia.

—¡Entendido muchachos! —

Dijo con normal tranquilidad.

Espero que descansen y hagan su trabajo, por aquí estoy atento a los acontecimientos, cuídense mucho: nos respondió.

Ahora desde ese momento nos dedicaremos a

organizar nuestra búsqueda que nos permita hacer consultas de manera discreta y sin levantar sospechas ni alterar las rutinas de los lugareños, donde la mayoría son ninjas entre hembras y varones y la cuna de las familias dedicadas a las academias de enseñanza de las artes marciales.

## Invencible aparecido

Nos organizamos desde el mismo momento en que ingresamos a la habitación y tras cerrar la puerta corrediza, desempacamos los pocos equipajes que portábamos consistentes en dos pesados bultos mochilas, no sin antes consultarles a nuestro casero del hospedaje el lugar indicado para las obligadas duchas, higiene personal y algunas necesidades fisiológicas, por lo que nos condujo al lugar para tales fines ubicado al fondo del pasillo.

Obviamente, existían lugares en la antigüedad japonesa, cuyos establecimientos de hospedaje no contaban con baños privados; sino que eran compartidos, sin embargo ese mismo día no habían otros huéspedes y fue así que enseguida nos pusimos de acuerdo para el uso de ambos por turno.

Había allí tres secciones en el lugar que nos

permitía despojarnos de todo el peso de las forzadas caminatas y la última parte era una ducha con agua caliente que surgía de un extraño manantial en el que nos regocijamos un buen rato, tal, pero tal y como lo habíamos experimentado anteriormente en Edo.

Ya estábamos listos y tras un breve descanso y recuperadas las energías, intentamos salir a la aldea aprovechando el atardecer.

La pareja del hospedaje nos esperaba para invitarnos a consumir un té caliente de hierbas y miel, cuyo gesto aceptamos inclinando nuestros cuerpos con ambas manos juntas, bendiciendo tan generosa honra.

Salimos a la calle y comenzamos el recorrido por la aldea en la que no había muchos atractivos, excepto numerosas escuelas de enseñanzas de las artes marciales; desde niños, jóvenes y adultos sus actividades estudiantiles eran las principales áreas de su formación académica, las cuales eran instruidas desde la infancia.

Minutos de extraña sensación nos embargó mientras recorríamos por los alrededores.

—Nuestra presencia ya era del conocimiento

público de todo el pueblo y ante toda la sorpresa que nos acogía en torno a los abundantes saludos característicos del Japón, también recibíamos muchas impactantes miradas clandestinas que nos cuestionaban desde varios flancos.

—¿Qué será todo ese misterioso comportamiento Sergio?

—Le pregunté a mi compañero.

—No sé cuál es el código que aplican para que toda la aldea tenga la información de nuestra presencia. —

Me respondió mi ayudante.

¡Atento Damián, cuéntanos e infórmanos qué novedad tienes para nosotros desde tus controles; - ¿Me escuchas?-

—¡Sí profe, le escucho claro y conciso!

—Me respondió el amigo piloto de la nave.

¡En mis monitores ya no tengo rastros del fantasma polizón y todo el sistema está funcionando bien y vigilante!—

¡Explicó Damián!

—¡Pero les indico; que para el momento en que estuve fuera aprovechando los manantiales cercanos para mis propias necesidades, dejando la nave bajo riguroso camuflaje, tuve una extraña presencia de una fuerte energía alrededor de mí que me ocasionó una fugaz paralización corporal, aunque nada grave!

—Comentó al respeto, mientras que ese detalle nos causó preocupación.

—Tras todo eso; desde luego que nos pusimos en alerta sospechando algo de lo que no queríamos aceptar y enseguida decidimos caminar hacia un atractivo santuario de Buda que vimos a cierta distancia.

Hermoso y sagrado santuario colmado de prendas, medallas, piezas de oro, objetos de luces artificiales y un agradable olor a sahumerio que impregnaba el ambiente del lugar.

Solo minutos transcurrieron cuando una fugaz e intensa brisa caliente nos rodeó, tras la cual una extraña formación transparente nos paralizó.

Un enorme rostro desconocido de un color gris, alrededor del cual giraban los humos de los sahumerios nos miraba con semblante arrugado que nos dejó paralizados, al mismo tiempo que una fuerte voz recia y retumbante expresaba las mismas palabras que el anciano adyacente al castillo de Edo nos pronunció.

—*¡Abran sus ojos ante los hechos a lo que se van a enfrentar!*

De inmediato retrocedimos y regresamos al hospedaje al que ingresamos y tras abordar a nuestros anfitriones para consultarles sobre las extrañas apariciones frente a nosotros les consultamos.

De inmediato, ellos nos condujeron hacia un apartado altar en otra sección del establecimiento, en donde luego de invitarnos a sentarnos muy cerca, los anfitriones encendieron unas luces muy similares a las velas de nuestra época y unos sahumerios de incienso, mirra y estoraque, tras las cuales con ambas manos cerradas y juntadas, pronunciaban epítetos característicos de quienes hacen invocaciones.

## Capítulo IX
## El retorno del terror

Entraron en trance por pocos minutos y enseguida giraron hacia nosotros explicándonos lo siguiente:

Hattori Hanzo, líder del clan ninja de Iga, quien fue uno de los mejores y más poderosos guerreros ninja de Japón en la tumultuosa época de finales del siglo XVI, del 1541 al 1596...volvió del pasado.

—¿Cómo?-

—Así es, nos acaba de informar nuestro mensajero y nos recomendó que les dijéramos lo siguiente:

—***Abran sus ojos ante los hechos a lo que se van a enfrentar.***

—¿Qué? —Exclamamos.

—Entonces, ¿nos vigilan los espíritus del pasado?

—Eso es así, nos respondieron y agregaron que:

Ante el asombro de todas las cincuenta y tres

familias de los clanes activos en esta fecha del 1867 entre Edo y la provincia de Iga; así como también los ninjas rebeldes, los líderes Samuráis y todo el conglomerado guerrero, la presunta presencia de uno de los más temibles luchadores y maestro de las técnicas ninja los ha puesto en guardia.

En efecto; para el momento en que arribamos a la aldea e iniciamos la búsqueda de manera discreta entre los habitantes del conglomerado de Koga y todos sus aliados, se desataron los rumores.

El guerrero ninja o shinobi; era un luchador de élite instruido en el ninjutsu o "Arte del Sigilo", su principal labor era recabar información espiando al enemigo, tender emboscadas a tropas de soldados aisladas, asaltar suministros, envenenar pozos de agua y lo más importante: asesinar sigilosamente a jefes y oficiales enemigos para desaparecer después sin dejar rastro.

Hattori Hanzo fue una pieza clave en el ascenso de Ieyasu Tokugawa al trono de Japón, demostrando que los guerreros de las sombras, eran los más terribles enemigos a que se podían enfrentar los guerreros samuráis.

El ninja del pasado se crió dentro del Clan Hattori, ubicado en la agreste y montañosa región de Iga, situada en el centro de Japón y su figura y personalidad representa un símbolo sagrado para los clanes de la localidad y su historia se destaca en primera línea en la formación académica de las escuelas locales.

## Mercenarios y guerreros

Los clanes ninja de Iga por un lado y de Koga por otro, eran independientes y se dedicaban a alquilar sus servicios a los señores samurái, los cuales estaban casi siempre enzarzados en constantes guerras feudales.

Oda Nobunaga, en su camino hacia la unificación de Japón, decidió en aquellos tiempos someter a su autoridad a todos ésos clanes incluyendo a uno de los de mayor jerarquía como lo era el de Hattori Hanzo.

El ataque de Nobunaga se saldó con una destrucción masiva, convirtiendo a Iga en un montón de escombros humeantes, por lo que su fama era leyenda.

Las ochenta familias que sobrevivieron en aquel entonces al feroz ataque se diseminaron por todo Japón buscando a un señor que les brindara protección a cambio de sus servicios.

El clan Hattori recibiría también una distinción y la protección de la familia Tokugawa, los señores de la provincia de Mikawa.

Masanari Hattori, nombre original de Hattori Hanzo, nació en Mikawa en el año 1541.

Su padre era Yasunaga Hattori, quien tras escapar de Iga se dispuso al servicio de Matsudaira Hirotada, señor de Mikawa.

Hattori Hanzo fue por tanto un ninja criado en Mikawa en lugar de Iga; pero esta crianza lejos de esta aldea fue compensada con un entrenamiento muy riguroso.

Ya a la temprana edad de ocho años comenzó sus estudios y entrenamientos en artes marciales en el monte Kurama, al norte de la ciudad imperial de Kyoto.

Cuando joven destacó enormemente en sus entrenamientos y a la temprana edad de doce años ya era todo un experto en las artes del ninjutsu; además, su padre Yasunaga Hattori, le instruyó en la filosofía del Nipón, el código de honor de los guerreros ninja.

## Un demonio y sus aliados

A la edad de dieciséis años, Hattori Hanzo recibió el sobrenombre de Oni Hanzo, "Hanzo el Demonio", tras demostrar una gran habilidad guerrera en la campaña militar que realizó el nuevo señor de Mikawa, Ieyasu Tokugawa, contra el clan Uzichijo en Mikawa.

Hattori Hanzo; había crecido bajo el amparo y protección de los nobles señores de Mikawa, debido a eso tenía un gran afecto y una fidelidad total hacia el señor Ieyasu Tokugawa, pese a que este era aliado de Oda Nobunaga, el destructor de Iga.

Ieyasu Tokugawa consiguió aumentar su poder al anexionarse algunos territorios rivales, conquistas que fueron posibles gracias a sus alianzas con varios clanes de provincias vecinas y sobre todo gracias a su alianza con Nobunaga.

El Ninja era temerario y se destacó de sobremanera en la batalla de Anegawa librada en 1570 contra los clanes Asai y Asakura y en la batalla de Mikatagahara, librada en 1572 contra el poderoso clan Takeda.

Hanzo solía pelear con una lanza "Yari" en el

campo de batalla, su lanza pesaba unos doce kilos y medía un total de 4.38 metros, de los cuales 1.28 metros correspondían a la mortífera hoja de 5 centímetros de ancho.

Pero uno de sus mayores éxitos en enfrentamientos cuerpo a cuerpo era la katana personal fabricada de un extraño y desconocido metal que lo convertía en un invencible espadachín.

Según las fuentes de la época, era todo un experto en el manejo de ambas herramientas y capaz de mover la lanza a una increíble velocidad, asestando certeros golpes que sus enemigos apenas conseguían ver y menos detener.

## Sentenciados por traición

El 21 de junio de 1582; el general Mitsuhide Akechi traicionó a su señor Oda Nobunaga y lo asesinó en el templo de Honno-ji.

Ieyasu Tokugawa; al igual que otros generales de Nobunaga, fue considerado "Proscrito", es decir sentenciado a muerte por las tropas de Mitsuhide Akechi, las cuales lo buscaban para matarle.

Ieyasu Tokugawa se encontraba de viaje en Sakai cuando se enteró de la noticia de la muerte de Nobunaga y de que las tropas de Akechi buscaban su cabeza.

Tokugawa viajaba con muy pocos guardias y su situación era desesperada, ya que no podría resistir un ataque enemigo.

Pero ese inmenso líder salió en ayuda de su señor y se encargó de la difícil misión de conducir a Tokugawa de vuelta sano y salvo a Mikawa.

Contando con la valiosa colaboración de un ninja de Koga Ryu llamado Taro Shiro, Hattori planeó llevar a su señor de vuelta a Mikawa, atravesando la agreste región de la reconstruida aldea de Iga, una zona sumamente peligrosa, ya que estaba infestada de bandidos.

La leyenda de Hanzo, resuena en que haciendo valer sus derechos como líder de los clanes ninja de la aldea de Iga, formó un pequeño ejército con los 300 mejores guerreros ninja de Iga.

Éstos hombres se encargarían de guiar a Ieyasu Tokugawa en su camino hacia Mikawa, encargándose de eludir las patrullas enemigas y de proteger a su señor de cualquier posible peligro despejando el camino a su paso.

Tras llegar a salvo a Mikawa, Ieyasu reclutó un

ejército compuesto por más de 400 ninjas de élite, entre ellos los ninjas de Iga que le habían asistido durante su viaje hasta Mikawa.

Este ejército especial llamado el grupo Hassenshi, fue comandado por Hattori Hanzo, quien a partir de entonces sería conocido como Iwami No Kami o "El Fantasma de Los Ninjas".

En 1590 este legendario mercenario encabezó el asalto que las tropas de Ieyasu Tokugawa realizaron sobre el castillo de Edo.

Hattori con su grupo de tropas ninja tomó la puerta trasera del castillo, permitiendo la entrada del ejército para el asalto final.

## Premio a la valentía

Luego de su caída, el castillo de Edo se convertiría en la nueva residencia de Tokugawa y posteriormente en su capital del shogunato.

Tras el combate, Hattori Hanzo fue premiado con la propiedad de las tierras de los alrededores del palacio; además, la puerta trasera fue bautizada con el nombre de Hanzo Mon.

Las tropas de Hattori fueron también premiadas, y nombradas como tropas de la guardia principal del castillo Edo y Hattori; además fue homenajeado con la fama eterna, ya que sería considerado en las fuentes de la época uno de los cinco mejores generales de Tokugawa.

Pero la brillante carrera de Hattori Hanzo fue truncada por los ninjas de "Kotaro Fuma", el 4 de diciembre de 1596.

El gurrero había partido con sus hombres para repeler el ataque y el saqueo de aldeas que estaban desencadenando los ninjas de Fuma, pero estos consiguieron huir hacia el mar.

Hanzo se embarcó y partió en su persecución, pero los ninjas de Fuma eran mejores marineros y tras una ardua lucha en el mar, consiguieron hundir los botes de Hanzo y sus hombres.

## Capítulo X
## Implacable final

Mientras tanto; Hanzo y los suyos nadaban hacia la orilla y los ninjas de Fuma se les adelantaron en sus botes y les vertieron aceite muy inflamable en el agua prendiéndoles fuego y originando un gran incendio.

El implacable Ninja, y sus hombres, no pudieron hacer nada para evitar el fuego y murieron abrasados por las potentes llamas.

El gran guerrero tuvo un final indigno de sus capacidades, pero su fama como shinobi ya era inmortal.

Su hijo Masanari le sucedió en el mando de las tropas ninjas, las cuales tendrán un importante papel realizando varias exitosas emboscadas y ataques sorpresa en la épica y decisiva batalla de Sekigahara, el 21 de octubre de 1600, batalla en la cual Tokugawa se impuso a los señores que le disputaban el trono de Shogun de Japón.

Tras el triunfo de Tokugawa y la llegada de la paz, estos guerreros ya no serían tan necesarios como antaño y a partir de entonces sufrieron un gran declive.

Los restos de Hattori Hanzo descansan en el templo Saínen ji en Shinjuku de Tokio, donde además se guardan sus lanzas favoritas, excepto su espada la cual sostenía abrazada en su pecho para el momento de su muerte.

Éste significativo hecho se convirtió en una leyenda en todas las academias y centros de enseñanza de la mayoría de las prefecturas en la que destacaron la katana como un símbolo sagrado y una imagen de ella con sus características se observa en los principales lugares del dominio de los ninjas.

Dependiendo del líder de cada aldea, los ninjas renegados fueron buscados, de acuerdo al caso y por ejemplo; Sasuke Uchiha se fue de la aldea y se unió a Orochimaru, pero nunca fue catalogado como un ninja buscado, ya que Tsunade le hizo el favor a Naruto Uzumaki con la posibilidad de que quizás ese regresara.

Sin embargo, según Kakashi Hatake, la mayoría de los ninjas de este tipo eran castigados con la muerte y en muy pocos casos, mostraban misericordia.

Más tarde Sasuke; al unirse a Akatsuki se infiltró en Kumogakure y realizó un intento fallido de capturar al jinchūriki, Killer, después interrumpe en la Reunión de los Kages, desde entonces fue considerado en ese momento como un ninja criminal a nivel internacional.

## Víctimas de la misión

La escasez del tiempo nos dejó sin respirar y debemos priorizar nuestras acciones, todas aparentemente importantes, aunque pocas realmente lo sean.

Lo menos importante se disfraza con lo imprescindible, de la misma manera como los espíritus que gritan más fuerte, parecieran ser los que tienen el dominio de las personas en esta aldea.

Pero no todo puede ser demasiado importante, porque nos enloqueceríamos si no organizamos nuestra misión de manera más científica, pero, no tenemos tiempo y lo digo como decimos todos con la frecuencia por querer hacer más cosas de las que podemos en esta era.

¿Llegará ese momento que podamos vernos la cara con Koga mientras somos víctimas de nuestra propia misión?

En este corre-corre transcurren varios días entre el primer y el segundo salto y no hemos abundado en entrevistas por discreción.

Pero lo haremos.

Acerca de eso; surgió un delicado percance en la aldea, precisamente en el alojamiento que habíamos contratado para pernoctar y sucedió tras toda la intriga suscitada a nuestra llegada al conglomerado.

Cuatro hombres de uniformes Samuráis entraron al recinto de los comerciantes donde nos hospedamos.

El líder llevaba una espada japonesa, una katana la cual era un general de los escoltas del emperador Miji y la anfitriona, la co-propietaria de la tienda lo invitó a sentarse mientras sus acompañantes aguardaron en silencio, al mismo tiempo que hizo una seña sonando ambas manos a su pareja llamándolo para atender al guerrero.

El general cabecilla de la operación observa la espada y más allá de que estaba envainada, sabía que por haber sido oficial durante la época en que los oficiales llegaron a arruinarse para conseguir una espada auténtica, forjada por los maestros anteriores, aguardó con tranquilidad la presencia del tendero.

Este le preguntó al que encabeza al grupo sobre la razón de su visita al negocio.

El samurái desenvainó la hoja y se la mostró para comprobar la calidad del templado, mientras el general acercó la katana a una fuente de luz.

Pero hay algo fuera de lugar, la hoja no estaba limpia, le quedaba un resto del aceite que se usa para lubricarla, pidió un pañuelo y fue la señal para que los acompañantes que han esperado para proceder a invitar al comerciante a un lugar apartado de la entrada de la tienda y se dirigirse a la parte trasera caminando por el pasillo de las habitaciones.

## Una requisa imprudente

El líder samurái se quedó con la mujer y la interrogó con discreción sobre el alojamiento de dos visitantes que llegaron ese día; la mujer le confirmó con un movimiento afirmativo de su cabeza, que tienen en su negocio a dos nuevos huéspedes que han pagado con varias monedas y un justo arreglo por la permanencia.

Mientras ese interrogatorio tuvo lugar, sucedió

lo mismo con los escoltas del general, quienes además de preguntarle sobre los visitantes, le pidieron que les muestre la habitación de los extraños.

Un rato más tarde, después de que el general había sido atendido, la tropa regresó de atrás, luego de haber revisado las pocas pertenencias de los huéspedes, de quienes ya toda la aldea conocía.

Los mercenarios samuráis presentes allí actuaron con mucha tranquilidad, discreción y paciencia, debido a que estaban claros que se encontraban en territorio ninja.

Todo el procedimiento culminó como si se estuviera llevando a cabo una requisa, sin que los samuráis sospecharan lo que sucedería en los siguientes pasos.

Al momento de atravesar la puerta de salida, los samuráis se paralizaron debido a que de manera silenciosa, una columna de más de cien guerreros ninjas totalmente trajeados de negro, los esperaba en completo silencio, produciéndose una tensa, lenta y calmada retirada de tres de los intrusos para evitar un combate de tan marcada diferencia.

Eran cuatro contra cien, sin contar a otros que se pudieron haber incorporado a un probable enfrentamiento, pero la dispareja diferencia numérica de combatientes, obligó al pequeño pelotón de samuráis, a retirarse mientras el líder era retenido.

Más de una docena de afiladas espadas apuntaban a su cuello, mientras, que uno de los integrantes del pelotón de ninja le comentó lo siguiente:

*"No intentes desenfundar la katana, de lo contrario encontrarás la muerte de manera instantánea".*

Los tres acompañantes se retiraron hacia el castillo para informar la novedad su inmediato jefe, al mismo tiempo que los ninjas obligaron al general samurái a acompañarlos a una instalación militar de la aldea, donde sería ser interrogado.

Una situación que se produjo de manera peligrosa entre los grupos rivales y debido a nuestra presencia en el pueblo, por lo que durante la permanencia de mi compañero y mi persona en la aldea de Iga, había que analizarla ya que ponía nuestra misión en alto riesgo.

## La vida por un error

Poco después fue enviado un contingente para rescatarlo, cuyos mercenarios han sido repelidos sin mayor derramamiento de sangre del lado ninja, excepto las heridas producidas por las espadas de ambos bandos, pero el general samurái fue liquidado.

Las dos manos del cuerpo sin cabeza sujetaban una espada corta que hecho un corte horizontal por debajo de la cabeza, la cual estaba rodeada por una banda negra como señal de castigo por tan indebida visita al territorio ninja.

Todos esos hechos fueron de nuestro conocimiento durante el crepúsculo del atardecer que regresamos al lugar a descansar en nuestro aposento, donde las cosas no serían después de ese día, como pudieron ser.

En efecto, los comerciantes nos recibieron con un cordial gesto ambos de manera simultánea con sus manos juntadas e inclinándose hacia nosotros, luego de lo cual nos relataron los hechos.

De manera que; sobre dichos acontecimientos pondremos a Damián al tanto sobre lo sucedido como lo hicimos por medio de nuestros implantes.

—Atentos muchachos, ¿Me escuchan?

—Adelante compañero, —Le contesté.

—Tengan presente, que todos esos acontecimientos podrían tener relación con el polizón infiltrado en nuestra nave durante el segundo salto.

—Recuerden que les comenté. que el sistema detectó una anormalidad, la cual fue seguida de un extraño fenómeno alrededor de mi persona en el manantial cuando me bañaba

Nos comentó el piloto de la nave.

—Entendido estimado.

Meiji lamentó la pérdida de su guerrero samurái, durante la requisa no autorizada, ya que lo hizo a cuentas y riesgo de sus propios rumores sobre la visita de los viajeros desconocidos debido a una silenciosa versión que circuló desde el mando de un miembro de la corte imperial que respondí al nombre de Kattowa.

Las apariciones del Ninja del pasado de Hattori Hanzo fueron también rumores extraños, por lo que alguien en el alto mando se embarcó en un viaje a Kioto, procurando buscar *"La tierra de la noche y la muerte"*, para traerlo de regreso.

Sin embargo; el emperador ya ha ido conociendo las profundidades del inframundo y al no poder regresar a los vivos a su principal general de la tropa y sin el consentimiento de las deidades del infierno, trató de indagar con los espíritus del palacio sin éxito, por lo que en poco tiempo regresó a Edo para poner en orden a sus guerreros.

## El retorno de la leyenda

Nuestras estrategias ahora tomaron un giro y tras la explicación de los comerciantes del hospedaje y la muerte del samurái en medio de todo esto, lo planes podrían cambiar.

Nos sorprendió la noche y nuestros pensamientos coincidían en los sucesos sobre los cuales estamos incluidos, de manera que todo se une a una cadena de hechos circunstanciales enfocados a la misión con nuestra investigación".

Luego de concluir la conversación con los anfitriones del hospedaje, le solicitamos un servicio de comida para cenar antes de irnos al aposento y por lo tanto, como antes de una hora estábamos sentados en la mesa consumiendo un asado de cordero con arroz y una ensalada.

## Capítulo XI
### La aparición

Ahora intentaremos pasar la noche e invocar al dios Morfeo para que nos acoja y podamos poner en orden nuestra búsqueda en lo adelante.

Nos recostamos cada uno en su "futón" que eran los antecesores de las camas de nuestra época.

No había trascurrido diez minutos después de que Sergio y mi persona habíamos intercambiado opiniones respecto a los hechos cuando las luces de nuestra habitación se desvanecieron.

Nos pusimos en guardia; ya nos estábamos acostumbrando a ésas raros sucesos sobrenaturales, cuando de pronto, una intensa brisa se manifestó seguida de un brillante y enceguecedor resplandor intermitente que nos impulsó a ponernos de pie.

Inmediatamente; una enorme figura rodeada de un remolino de viento apareció frente a nosotros vistiendo el traje característico de los ninjas y portando una brillante katana, pero en ese caso su rostro no estaba cubierto.

Nuestra reacción fue simultánea y de manera súbita; tras quedarnos paralizados del temor, el aparecido se materializó ante nosotros, pero Sergio y yo coincidimos en mencionar el nombre de Hattori Hanzo, cuyas características las teníamos grabadas en nuestras mentes, tras la descripción que nos hizo la pareja de la posada horas atrás, antes del enfrentamiento ocurrido en las afueras de la tienda que condujo a la muerte del líder Samurái.

—¡Señor!

Le hablé con mis manos juntadas e inclinándome en un gesto de respeto y saludo, aguardando cabizbajo su reacción ante la mía.

Sergio imitaba mi actitud y en tono humilde solo pude decirle manteniendo mi postura cabizbaja, que éramos fieles servidores suyos, mientras el fantasmal ninja de una gran estatura, nos observaba en silencio cruzando ambos brazos entre su pecho.

Una gran variedad de insectos luminosos giraba alrededor de la gigantesca figura que nos miraba, mientras lo rodeaba un brillo encendido de gran magnitud, así con ráfagas silenciosas de rayos lo rodeaban girando a su alrededor.

Estábamos hipnotizados ante el legendario ninja, de quien se llegó a decir; que era capaz de utilizar precognición, psicoquinesis, clarividencias y hasta tele transportación.

Con respecto a eso; su desplazamiento desde el pasado mediante el uso de la energía de la nave y la aparición que hizo ante Damián en la montaña, nos confirmó su presencia y luego por medio de un mensajero su comunicación con nuestros anfitriones de la posada.

Entonces; tanto los mensajes que recibíamos de manera misteriosa, los rumores que corrían en la aldea cuando llegamos, antes de eso el encuentro con el anciano misterioso cuando salimos de Edo cerca del castillo; todo encajaba.

## Un mensaje repetido

*—¡Abran sus ojos ante los hechos a los que se van a enfrentar!*

Nos dijo con voz recia y retumbante directamente el legendario guerrero frente a nosotros y agregó:

—¡Uds están bajo mi protección en esta aldea y más allá de sus fronteras!

Agregó el gran maestro ninja, luego de lo cual se desvaneció y todo retornó a la normalidad, pero algo aún más asombroso fue la katana que dejó en la habitación como símbolo de sus palabras y tal vez mucho más que eso.

Era una muestra sagrada de quien era el rey inmortal de los clanes diseminados en todas las fronteras y quien portara esa katana, sería alguien invencible, nadie podía tocarla excepto nosotros a partir de ése momento.

Ahora nos toca corregir nuestra misión y en la cual; por medio de las repetidas apariciones de Hattori Hanzo, ya somos el epicentro de la atención colectiva de la aldea y sacando conclusiones, nos convertimos en personajes venidos de otro mundo, de acuerdo con la interpretación de la comunidad.

Todos ya están convencidos sobre nuestro vínculo involuntario con el misterioso "Héroe del pasado", el gran maestro, quien de acuerdo con los análisis regresó para alguna otra misión especial y por supuesto eso está escrito y planificado desde el mundo espiritual.

¿A qué se deberá la presencia del insigne héroe que desde ultratumba regresó a la aldea de Iga?

Nos pusimos de acuerdo para investigar y la primera decisión fue la de realizar una visita a una de las academias de las artes marciales, bajo una excusa que nos permitiría disipar algunas dudas sobre distintos tópicos que tienen que ver con nuestra investigación hacia la búsqueda del Koga o algo vinculante.

Tomamos en nuestro poder la Katana sagrada que nos dejó el aparecido, la cual constituye un símbolo representativo relacionado con los eventos que tienen que ver con su presencia fantasmal.

De acuerdo a los datos, habría algo oculto y sospechamos que se trata del caso del probable magnicidio del emperador, lo que el ninja del pasado ha venido a investigar o a ayudar a resolver

Envolvimos la espada con una tela y la amarré a mis espaldas.

Ambos nos dirigimos a una de las escuelas ninjas de la aldea y mientras caminábamos por la calle, éramos el foco de atención de quienes nos miraban pasar y nos mostraban gestos característicos de respeto con las manos juntadas, e inclinándose cabizbajo en reverencia, lo cual constituía una buena señal.

Ya los sospechábamos, pero continuamos con menos presión en nuestra inquieta situación y divisamos una escuela a corta distancia.

## Hacia la luz de la historia

Divisamos la academia Iga-Ryu, a la cual ingresamos y donde nos recibió con el mismo gesto de respeto uno de los instructores, de quien suponíamos que era el maestro, pero luego del intercambio de saludos, nos condujo hasta una sala, posteriormente nos hicieron pasar al lugar de los entrenamientos de estudiantes.

—Señor; nuestro saludo y respetos, nosotros somos humildes comerciantes viajeros procedentes de Kioto y queremos saludarlos y es un honor a tan prestigiosa y digna academia y a usted como el líder de esos jóvenes que reciben formación y entrenamiento que tan dignamente representanta.

—¡Muchas gracias queridos visitantes, sean bienvenidos, a esta su casa!- Nos respondió el maestro ronin de las artes marciales.

Intercambiamos saludos y breves comentarios alusivos a las  técnicas de la actividad milenaria que forma parte del las especialidades del combate y la lucha entre otras enseñanzas.

La sala estaba concurrida de jóvenes, quienes en posición de respeto y de acuerdo a sus principios permanecían firmes delante de su profesor, el maestro superior a quien lo conocen como Togakure Ryu.

Pero en un momento determinado de la conversación sobre todos los temas que nos ocupaban, le hice llegar mi inquietud acerca de las diferentes herramientas, sobre las cuales tuve un intento de consultarle si estaba dispuesto a orientarme en torno a una de las armas más características de los ninjas.

Tras cederme y aceptar la consulta; le solicité su opinión en torno a las herramientas de combate en el nivel de espadachines, porque deseaba adquirir algunas para comercializarlas en Kioto y desempaqué la katana para mostrársela cuando algo asombroso ocurrió.

—Ooohhhhh; exclamaron al unísono todos y de inmediato se inclinaron con vehemencia y se pegaron contra el piso mencionando el nombre de Hattori Hanzo.

Al grito de; *"Maestro, maestro"*; todos exclamaron y se posaron ante la katana como si hubieran visto al mismo Buda en persona, repitiendo el nombre del "Gran Maestro de todos los tiempos".

Fueron muy expresivos y repitieron las mismas frases mientras la espada brillaba ante los ojos de todos a la que le brindaban los máximos honores, reconociendo que el arma con la que Hattori Hanzo luchó en los tiempos de gloria.

La katana es un símbolo, tiene poderes contra los enemigos y es una gran reliquia la que estaba en nuestro poder y de la misma manera éramos portadores del enigmático emblema del gran maestro, cuya imagen  de su figura dibujada por artistas resaltaba en todas las salas de las clases de artes marciales al lado de la espada".

Recibimos muchos elogios y honores que nos abrió las puertas para recibir toda la información la cual nos abriría la posibilidad de conocer sobre nuestros fines.

 El instructor nos condujo enseguida a otra sala donde nos mostró toda la información y las imágenes de quienes en la escuela representaron la mayor jerarquía del imperio japonés.

## La ventana del pasado

En enero de 1858, Daigaku-no-kami Hayashi Akira, encabezó la delegación de bakufu que buscó el consejo del emperador Kōmei para decidir cómo tratar con las potencias extranjeras recientemente asertivas.

Esta habría sido la primera vez que se buscó activamente el consejo del Emperador desde el establecimiento del shogunato Tokugawa.

La consecuencia más fácil de identificar de esta propuesta de transición sería el aumento del número de mensajeros que fluyen de un lado a otro entre Edo y Kioto durante la próxima década.

Con respecto a estas difíciles audiencias imperiales en Kioto, no hay poca ironía en el hecho de que el shogun y su bakufu estuvieran representados por un erudito burócrata neo confuciano del siglo XIX, el cual se habría sorprendido un poco al encontrarse en un momento crucial.

La doble tarea de Hayashi era explicar los términos a un emperador escéptico y obtener el consentimiento del soberano; Kōmei finalmente accedió en febrero de 1859, cuando llegó a comprender que no había otra alternativa.

El emperador se enfureció con casi todos los acontecimientos durante su reinado como jefe de Estad y durante su vida nunca vio a ningún extranjero ni sabía mucho sobre ellos.

Los tratados comerciales desiguales con las potencias occidentales, como los  de Tratado de Kanagawa y el de Harris, se firmaron sin la sanción imperial, a pesar de la negativa del Komei para aprobarlos.

En dos ocasiones expresó su voluntad de renunciar a su cargo en protesta a eso y durante su período de gobierno, comenzó a ganar más poder a medida que declinaba el shogunato Tokugawa, aunque esto se limitó a consultas y otras formas de deferencia de acuerdo con el protocolo.

Generalmente estuvo de acuerdo con los sentimientos anti occidentales y rompiendo con siglos de tradición imperial, comenzó a tomar un papel activo en asuntos de estado.

A medida que surgieron las oportunidades, fulminó los tratados, e intentó interferir en la sucesión del shogunal, sus esfuerzos culminaron en 1863 con su "Orden" para expulsar a los bárbaros.

Aunque el Shogunato no tenía intención de hacer cumplir el decreto, inspiró ataques contra el propio Shogunato y contra los extranjeros en Japón.

El incidente más famoso fue el asesinato del comerciante británico Charles Lennox Richardson, por el cual el gobierno de Tokugawa pagó una indemnización de 100.000.

## Capítulo XII
## Ataque de muerte

El 30 de enero de 1867 sufrió un violento ataque fatal y tenía manchas moradas en la cara que le brotaron, lo cual ocasionó un retroceso en su agenda imperial.

La muerte del emperador Kōmei fue claramente conveniente para las fuerzas anti-bakufu, a las que se había opuesto constantemente.

En ese momento se rumoreaba, que fue asesinado también por radicales de Choshu o por funcionarios de la corte y lo habrían contaminado con la Bacteria de la viruela.

Sin embargo, en el momento de la muerte del emperador, el régimen se enfrentó a la bancarrota y al borde del colapso.

Japón también estaba rodeado de potencias coloniales que estaban preparadas para ganar una influencia considerable con inversiones sustanciales en el comercio japonés.

El hijo de Kōmei, el Príncipe Imperial Mutsuhito, bautizado después con el nombre de

Meiji, fue coronado el 12 de septiembre de 1868 y estos problemas fueron puestos a descansar bajo su Restauración en el poder.

El entonces nuevo emperador de Japón nacido en Kioto, cuyo nombre verdadero era Muthusuito, aunque en su infancia era conocido con el nombre de Sachinomiya, recibió el nombre de Meiji.

Hijo del emperador Komei, fue educado por su abuelo materno, Nahayama Tadayasu y fue declarado príncipe heredero en 1860 con su nombre personal y sucedió a su padre en el trono a su muerte en 1867, a la edad de quince años.

Debido a su juventud, fue nombrado como regente a Nijo Nariyuki, quien ocupó el cargo hasta la celebración de la ceremonia de la mayoría de edad del emperador.

Ese mismo año, los componentes de un movimiento nacionalista que pretendía devolver su antiguo esplendor a Japón solicitaron al soberano la supresión del shogunato de Tokugawa y la asunción por parte del trono de todos los poderes.

En 1868 un decreto imperial acabó con el sistema dual de gobierno, con lo que el emperador se convertía en la autoridad suprema.

Meiji Tenno plasmó la filosofía en la que se iba a basar su nuevo gobierno en la "Carta del Juramento", una breve declaración de cinco puntos consagrada a los dioses tradicionales del Japón.

El día que cumplió quince años realizó el *genpuku*, una ceremonia que simbolizaba su entrada en la edad adulta, luego cambió el nombre de la era de *Keio* a *Meiji* y estableció, que a partir de entonces las eras solo nombrarían un reinado.

Una de sus primeras medidas, como símbolo del nacimiento de una nueva era, fue el traslado de la corte desde Kyoto a Edo, ciudad que fue rebautizada con el nombre de Tokio.

Contrajo matrimonio con la princesa Ichijo Yoshiko, quien fue inmediatamente proclamada emperatriz y en 1871, el profesor de chino Motoda Eifu, recibió el encargo de dirigir la educación del emperador.

Meiji Tenno aprendió alemán y pensamiento político europeo de Kato Hiroyuki, así como poesía japonesa de Takasaki Masakaze.

## La leyenda del caballero negro

Con la confianza ganada con el maestro Togakure Ryu, nuestra misión había avanzado a un nivel en el cual nos iba a permitir el contacto directo con Koga, nuestro principal objetivo y su agenda para asesinar al emperador.

El trato que nos está brindando el líder de la academia, lo ha motivado el vínculo que obtuvimos ya demostrado con el gran rey de los ninjas del pasado Hattori Hanzo por medio de la katana sagrada, la cual representa un enigmático símbolo para ellos, cuya espada ofrecimos como muestra de tan admirada reliquia.

De esa manera Togakure se apartó con Sergio y mi persona para ofrecernos la pista que no permitiría contactar al Koga y esa es una victoria para la misión que nos ocupa en estos saltos en el tiempo y en ese sentido nuestro entrevistado nos explicó lo siguiente:

Los ninjas de alto nivel, somos una suerte de mercenarios que cumplimos misiones principalmente encomendadas por los altos mandos de la sociedad del Japón, con la peculiaridad de que antes de eliminar a los objetivos nos encargamos de investigar y confirmar que las acusaciones eran verdaderas y en caso de ser inocentes, ellos irían a cobrarle la vida a quien los contrató de manera indebida, nos explicó el veterano instructor.

Pero refiriéndose a uno en especial, el maestro Togakure nos mencionó a uno en especial de esta misma época, quien se formó en esta misma sala de entrenamiento, a quien de manera discreta lo conocían con el nombre de Koga, de quien en la aldea existe la convicción, de que su descendencia proviene de la Diosa del Sol y posee atributos inimaginables.

## Dos leyendas y un destino

De acuerdo con el relato, el ronin Togakure lo describe como un admirado Ninja comparado con la mística leyenda de Hattori Hanzo, de quien cuenta la historia que entre los siglos XIII y XIV que vivió en este territorio expandiendo sus luchas por gran parte del Japón.

Desde su heroica muerte en el campo de batalla y desde entonces, debido a su vestidura característica como se visten los ninjas, lo conocían como *"El caballero negro"* de alto prestigio y con numerosas batallas épicas.

La interesante comparación que nos hace el instructor de la escuela de Ryu, nos indica que él es un gran sabio e historiador, en cuyos conocimientos nos hizo una semblanza entre los dos mercenarios más destacados para su academia y para la aldea, de quienes nos estamos refiriendo, pero uno de ellos está vivo en ese presente y el otro, vaga con su espíritu por los confines del tiempo.

Asombroso todo eso, comentamos Sergio y mi persona al tiempo que nos mirábamos las caras.

En el pasado; explicó el cronista; Hattori fue llamado por un Rey y él acudió a su castillo durante la noche donde logró colarse hasta la habitación real sin ser detectado por los guardias.

Aquí el Rey sorprendido de la habilidad del ninja, le encomendó la misión de asesinar al gobernante del reino vecino, quien se encontraba realizando toda clase de delitos y maltratos hacia su pueblo.

Tomó la misión, pero antes mencionó: *"Iré a investigar",* si su majestad se encuentra cometiendo injusticias, le daré un justo castigo, pero si has sido tú quién hizo falsas acusaciones, vendré a cobrarme tu vida.

Así el rey aceptó las condiciones de Hattori y entonces partió al reino vecino dónde pudo observar que en efecto, los habitantes se encontraban en pésimas condiciones debido a los abusos de su emperador.

Tras una larga batalla, logró dar con el Rey y con frialdad pudo ejecutar la tarea encomendada, pero antes de salir del castillo, se dirigió al calabozo dónde liberó a un monje, quien había sido encarcelado por oponerse al gobernante.

Pero esa es una leyenda diferente a la que conocen los japoneses sobre las misiones de Hattori, aunque lo cierto es que murió e batalla, le comentamos al maestro.

¡Ustedes pueden invocarlo y confirmar ese relato porque ambos son portadores de la Katana sagrada de nuestro amado gran maestro y por eso los invito a que lo hagan!

Nos enfatizó el instructor Togakure Ryu y agregó: Queremos verificar esa otra parte de nuestro líder del pasado con ustedes y por ello les voy a darles la pista para localizar a Koga, quien al parecer posee también un vínculo con Hattori Hanzo.

Nos aclaró; que todo eso sería parte de lo que nuestros alumnos de esta escuela deben conocer históricamente en sus clases, además de las otras hazañas de nuestro querido rey; allí está, mírenlo en esas pinturas, nos señalaba con el dedo el historiador maestro las imágenes separadas del gran líder, la katana y la figura de Koga.

## Las puertas del cielo

Nuestra oportunidad tocó fondo para llegar a Koga por medio de todos esos comentarios sobre Hattori y entre ambos, la ruta estaba marcada para conocer el paradero del Ninja, a quien también buscaba Hattori por la relación de los contratos que dichos guerreros tienen con los genocidios reales del Japón.

Hattori Hanzo sabe dónde está Koga y para algo él los contactó a uds, debido a que existe probablemente un misterioso plan.

Nos comentó el maestro Togakure

Pero continuado dicho historiador, también maestro de las artes marciales, explicó que así "El Caballero Negro" y el monje escaparon en caballo, a quienes persiguieron los guardias de aquel imperio y en esa persecución, Hattori fue herido de gravedad, quien sentía como la vida se le iba escapando y decidió bajar del caballo y decirle al monje que siguiera el camino que él se quedaría en ese lugar.

Y prosiguió contando; que descansando en la tierra y apoyado sobre un árbol, el ninja observó que un demonio venía por su alma, ya que él había matado a tantas personas, pero al mismo tiempo, un ángel descendió y reclamó su espíritu, ya que todas las muertes por su espada, estaban justificadas y por lo tanto, había hecho el bien.

## Capítulo XIII
### Ángeles y demonios

En ese momento de discusión, una tercera entidad, la cual no tenía una figura definida, no era posible observar nada más que su silueta, era la entidad de la neutralidad enviada por la Diosa del Sol, la cual estaba por encima del bien y del mal, describió el maestro.

Al presenciar a esta entidad, el ángel y el demonio desaparecieron cuando la voz de la entidad enviada por la diosa dijo:

*"Has hecho tanto bien como mal, por lo tanto, ninguno de los dos lados puede reclamar tu alma; ella me pertenece a mí, ya no eres parte de la fuente de la vida y la muerte, estás fuera de ella y ahora puedes hacer lo que tú quieras, vivir tanto como te lo permitas y viajar a donde te plazca".*

Se dice que Hattori decidió seguir haciendo el bien, a pesar de que se le dijo que sus acciones no tendrían repercusiones en el mundo.

Esta historia, aunque no coincide con el paralelo pasado del admirado líder, había llenado de esperanza a los viajeros del tiempo, quienes miraban al ninja como un salvador y a partir de allí nos toca abordarlo para conocer la manera de contactar al Koga.

He aquí cómo les ofrezco mi secreto de quien representa para nosotros un símbolo viviente comparado con otro que pertenece a las brumas del tiempo y a los confines del universo, pero que también nos representa ante todas las inspiraciones de lucha y las prácticas por las que vivimos y morimos.

Koga se encuentra viviendo en las montañas y para llegar a él, ustedes tienen ahora el poder que les entregó el símbolo de nuestras leyendas para llegar a su refugio como lo es la espada sagrada, la cual brilla ante nosotros para inspirarnos aún más y la vehemencia de Buda, los espíritus de nuestros antepasados y uno de ellos está en la custodia de ustedes con esa reliquia sagrada, dijo.

En la ladera de las montañas, deben seleccionar una de varias rutas rodeadas de árboles cubiertos de nieve fina, un paisaje verde mezclados con blanco debido a la niebla donde se oculta nuestro líder, la cual es la vía que los conducirá a su refugio y es la que se encuentra atravesando el manantial de aguas termales de la montaña.

Nos explicó el maestro de la escuela Iga Ryu Togakure

Pero luego de eso podrán observar un árbol de alcanfor gigante, al que tienen que rodear, desde donde encontrarán varios caminos, pero el que conduce a Koga, es uno cubierto por espinas vivientes, explicó.

—¿Cómo atravesamos esa ruta espinosa sin sufrir heridas?

Preguntamos al maestro.

## Secretos revelados

La katana sagrada en poder de ustedes, es la clave contra las espinas vivientes y otros obstáculos que podrían encontrar, nos dijo.

Al desenfundarla ante ellas y apuntarlas a su paso, ellas retrocederán hacia ambos lados, obedeciendo a la magia espiritual que se encuentra en el alma de la espada y despejando el camino que va directo al refugio de Koga.

Alrededor del lugar se darán cuenta de la penumbra existente, debido a la bruma que se produce por los vapores de los manantiales termales, que al estar cubiertos por los abundantes árboles que rodean al gigante alcanfor, constituyen un refugio de millones de luciérnagas que brillan al compás de la niebla.

Tengan cuidado porque las luciérnagas son almas divinas asignadas a los bosques y a las montañas que permiten la comunicación entre los ángeles y las deidades de mayor jerarquía.

Nos aclaró al respecto nuestro entrevistado especialista

El efecto del retroceso de las espinas vivientes, producen la reacción de los insectos que iluminarán la ruta hacia Koga, describió el maestro ninja de la academia en la aldea de Iga.

Dicho esto; nos inclinamos hacia el instructor Togakure Ryu para despedirnos y emprender el viaje hacia esa montaña, sin embargo con un toque fuerte de ambas manos del jefe de la escuela; inmediatamente a eso, los jóvenes alumnos de la clase se presentaron en doble fila de ambos lados, conformando un ritual de despedida hacia nosotros, cuyos jóvenes cubiertos con vestiduras blancas junto a otros de color negro ya graduados e inclinados cabizbajos y con ambas manos cerradas, nos rindieron los honores ganados por medio del símbolo sagrado del ninja del pasado que recibimos del espíritu de Hattori Hanzo.

—Atento Damián, ¿Me copias?

—Te escucho profesor.

El piloto de la nave, quien se encuentra por cierto en la montaña distante a la aldea de Iga me respondió.

—Pon atención; la montaña de ese lado contraria a ti, es el lugar del refugio secreto de Koga según las indicaciones recibidas.

—Tenemos la ubicación del sitio secreto de Koga y se encuentra distante de la nave donde te encuentras en la montaña, pero subiremos allá.

Le expliqué al compañero y le añadí:

—Nos dirigimos el lugar primeramente para introducirnos en el bosque mediante el traslado hasta el lugar donde encontraremos a nuestro objetivo y desde allí te estaremos avisando, le aclaré.

Obtuvimos en el camino otras características del lugar al cual nos dirigimos con otros lugareños de la aldea, a quienes les solicitamos más referencia y conseguimos que:

Por allí existen cuevas que se han formado en las cumbres de las montañas a varios metros bajo la tierra, muchas de ellas eran en la antigüedad refugios de dragones.

Es muy difícil llegar a ellas debido a que no hay indicación alguna del lugar donde se encuentran ya que hay que destruir fuertes capas de arbustos para acceder, nos indicaron.

Nos añadieron que en el lugar se presentan refugios invisibles, pues como la entrada es rápidamente cubierta por las hierbas desaparece cualquier rastro de que la cueva existió alguna vez.

De todas maneras corrimos a las montañas, pues supuse que allí estaría con mucha seguridad nuestro objetivo, a pesar de que éstas regiones han sido inexplorables, en comparación con otros bosques montañosos son bastante desconocidas, dada que su ubicación geográfica está alejada del ser humano y de difícil acceso, tanto por el relieve como por sus condiciones climatológicas.

Nos detuvimos en una tienda de suministros a adquirir algunas provisiones antes de internarnos, en las cumbres montañosas para asegurarnos de no padecer de una necesidad.

Tomamos el rumbo indicado guiándonos por todas las recomendaciones y de esa manera emprendimos la cruzada a la cual nos habíamos comprometidos en el salto en el tiempo y las orientaciones de rigor, debíamos encontrar a Koga, de quien sospechamos que su refugio podría ser una cueva subterránea.

Sin embargo, el compañero operador de la nave me avisó, que sí estábamos en camino llegaríamos en algunas cinco a seis horas, lo que nos daba tiempo para analizar toda la travesía que realizaríamos.

Entonces recordé a las luciérnagas de la luz que nos comentaron por lo que estábamos planeando una alianza con ellas.

Yo por mi parte haría que esto fuera una aventura y ya veríamos cómo actúa frente a nosotros el ninja al vernos en su escondite.

Pero sonreí ampliamente a mi idea de entablar un diálogo que tal vez duraría un lapso indeterminado.

Caminamos en medio del sol ardiente ya pasada la hora pico de las doce y entre charlas y comentarios, nuestra tarea estaba en proceso, al mismo tiempo que nuestra vista se recreaba con las tertulias que nos entretenía.

De esa manera; como a la mitad del amino vimos el anunciado crepúsculo gris que se colaba entre las nubes y bañaba las copas de los árboles con el calor vespertino, el cual anunciaba el anochecer, aunque todavía nos quedaba tiempo para llegar al pie del monte.

Algunos tragos de agua que compartíamos y picábamos masticando algunas almendras de nuestras provisiones para soportar el ritmo de nuestra caminata y así desafiar la tarde para que nos permita alcanzar el bosque, eran parte de la rutina de ese traslado hacia la penumbra de la montaña.

Con la negra noche encima de nosotros se enfilaron las tinieblas del cerro del Estropajo, que a la vez era un reducto del bosque de pinos, encinos y magnolias que resistían los embates de la oscurana.

El silencio absoluto, algunas veces roto por el canto de las ranas y los tlaconetes de otras especies del bosque, acompañaban a las aves nocturnas en sus vuelos de ida y vuelta en busca de alimentos por las brechas iluminadas por una tenue luz de las luciérnagas que cada vez se intensificaba, resplandeciendo como lámparas al compás de los aullidos de otros animales entre lobos y coyotes.

El deambular de los búhos rompía con los pensamientos revueltos de nuestras historias que compartíamos en los minutos del atardecer.

Horas impregnadas de chirridos de insectos y la ruta del bosque para encontrar el gigantesco árbol de alcanfor, nos obligaba a acelerar el paso, al que nos ayudaban las majestuosas luciérnagas con su luz.

Pero caminamos hasta rompernos los pies y llegar hasta el frondoso árbol que buscábamos, al que finalmente llegamos ayudados por las luces de las luciérnagas.

Allí nos detuvimos y decidimos acampar y descansar al pie del majestuoso árbol debido al tropel de la acelerada caminata desde la aldea hasta aquí y enseguida, después de unos minutos me comuniqué con Damián.

—Atento estimado, le hablé de esa manera.

—Te copio profesor.

—Estamos en la montaña y pernoctaremos aquí, le dije.

El resto de mis palabras desaparecieron de mi mente debido al cansancio, cuando escucho que:

—Entendido profesor, descansen y cuídense mucho de las alimañas, serpientes, los animales silvestres y de los espíritus que vagan por el bosque que son muchos.

De golpe un intenso frio invadió mi cuerpo, de inmediato se sintió como un refrigerador a punto de congelar y mi rostro endurecido por la intensidad de la temperatura que disminuía al son de la a avanzada de la noche, me condujeron a encender un fuego para catalizar el viento y el cambio de temperatura.

—Duerman bien que yo igual haré, prosiguió Damián.

—Entendido hermano, le repliqué.

Reuní varios trozos de madera ayudado por Sergio y enseguida encendimos una fogata cuyo calor nos abrigó al abrazarnos el fuego, a pesar de que nos colocamos abrigos que traíamos para esos casos, nos recostamos cada uno contra otros trozos de madero, disfrutando ambos del fuego que nos hipnotizó hasta transportarnos a otra dimensión dentro del profundo sueño en que caímos.

Al amanecer; las picaduras de mosquitos y otros insectos, el canto de las aves que buscan aparearse, la neblina fría derrotada por el fallecido fuego durante la madrugada, la humedad del bosque y la tranquilidad del resto del entorno, corrían tras la filtración de los primeros rayos de sol que bañaban las copas de los árboles y al gigante alcanfor que nos cobijó durante la noche.

A nuestro alrededor se escuchaba las melodías que se producen en lo alto con la brisa y el viento que comenzaba sus empujes hacia todos los rincones de la montaña, mientras nosotros, tratamos de encender el fuego de nuevo, para preparar una bebida de hierbas con un envase que teníamos entre nuestras provisiones.

Así lo hicimos y antes de disponernos a disfrutar del brebaje, nos dirigimos a un pequeño manantial adyacente al bosque para realizar la obligada ceremonia de aseo personal, luego retornamos a la fogata y asimismo nos dispusimos a consumir dicha humeante bebida.

## Capítulo XIV
### Inesperadas sorpresas

Nos tomamos nuestra bebida caliente de hierbas y posteriormente sustrajimos un paquete de los productos que teníamos, uno de ellos contentivo de pasas secas, avellanas y otra variedad de almendras, trozos de algarrobo, avena y trigo para alimentarnos y fuimos consumiendo nuestro desayuno para preparar la continuación de la ruta que trazamos.

Luego de que amaneció completamente nos pusimos en pie e hicimos algunas tareas, hemos recuperado nuestras energías y nos alistamos y a medida que la luz del sol iluminaba cada vez más la vegetación.

Todo parecía que el bosque hablaba por sí solo, pero eran los sonidos característicos de esta selva con la variedad de animales y aves y otros rudos que para mí, conformaban una melodía cantada desde el pentagrama del firmamento, característico de la montaña.

Tomamos cada quien los bultos, nos los colocamos en las espaldas y yo por mi parte con mi paquete especial contentivo de la katana sagrada aferrada a mi cuerpo, e iniciamos la caminata alrededor del árbol gigante cuando de pronto, en el bosque apareció una figura de un encorvado con apariencia de viejo.

Nos sorprendió su presencia y al parecer era un ermitaño solitario, que no tenía ni familiares ni amigos y mostraba una cara triste y angustiada, no quería que nadie se le acercara y decidimos ignorarlo ante su inofensiva presencia.

Pasaron varios minutos y comentamos que habitaba en ese oscuro lugar, hasta que un ave llegó volando y cantando se posó en su hombro, lo cual nos llamó la atención ese detalle, hasta que lo vimos darnos la espalda y alejarse hacia el lado contrario de nuestra ruta y así nosotros decidimos seguir con la misión.

Sin embargo; nuestros pensamientos se cruzaron y nos preguntamos mirándonos:

¿Qué será todo esto?

¿Estamos en un bosque encantado o qué?

¿Por qué durante la noche no tuvimos esa clase de apariciones?

—Hola Damián buenos días; espero que estés bien, nosotros iniciando el recorrido hacia el lugar donde se supone que se encuentra Koga, ¡cuéntanos!

— ¡Bien profesor; por aquí todo normal como las anteriores noches que he estado presente respondió el piloto de la nave.

—Okey, ahora te pido a ver si nos consulta en base de datos algunas historias, leyendas, y hecho que se relacionan con este bosque.

—Entendido, respondió.

## Cumpliendo instrucciones

Inmediatamente nos ubicamos en la fuente de agua que nos indicó el maestro, la cual estaba un poco antes de los diferentes caminos, uno de los cuales observamos los arbustos de espinas, antes de la cual nos detuvimos para atender el enlace con Damián, quien nos informará sobre anécdotas de ese pie de monte.

—¡Profesor, dijo Damián!

—¡Hay muchas historias y fantasías de esa zona y una de ellas trata del espíritu dominante que aparece en estas regiones encantadas, es un jinete sin cabeza, de quien se dice que es el espíritu de un soldado de las tropas del gran emperador

Kōmei, al que una bala de cañón le arrancó la cabeza, en una batalla sin nombre durante una revolución.

Explicó Damián.

—Bueno, tomaremos en cuenta esa historia y estaremos pendientes, le respondimos.

—¿Hay algo más?

## El jinete sin cabeza

Los campesinos lo ven siempre corriendo por las noches como si viajara con alas del viento. Sus excursiones no se limitan al valle, sino que a veces se extienden por los caminos adyacentes, especialmente hasta cerca de un árbol gigante cercano.

Algunos de los más fidedignos historiadores de estas regiones, que han coleccionado y examinado cuidadosamente las versiones acerca de este espectro, afirman que el cuerpo del soldado fue enterrado en el pie del monte de allí, que su espíritu vuelve a caballo al escenario de la batalla en busca de su cabeza y que la fantástica velocidad con que atraviesa el valle se debe a que ha perdido mucho tiempo y tiene que apresurarse para entrar en su tumba antes de la aurora.

Esta es la opinión general acerca de esta superstición legendaria que ha suministrado el archivo para más de una extraña historia en aquella región de sombras tengan el conocimiento de ello.

En todos los hogares de la región se conoce este espectro con el nombre de "Jinete sin cabeza" de la aldea de Iga.

Esos valles tienen abundantes remansos de aguas tranquilas de manantiales, que alimentan el curso de uno de los ríos del lugar, cuyo caudal atraviesa la aldea.

Aunque han pasado muchos años desde que tuvo lugar el suceso del jinete, todavía existen los mismos árboles y las mismas vegetaciones consideradas como milenarias en aquel recogido lugar.

En ese bosque, se dan cita anualmente legiones de leñadores y de maestros de academias de la aldea de Iga que tienen allí un paraíso de suministro de hierbas, madera, cacería, frutas, alimentos de todas las categorías y una gigantesca fuente de abastecimiento local.

Pero en cuanto al jinete; su cabeza era pequeña, plana vista desde arriba, provista de enormes orejas, grandes ojos vidriosos verduscos y una nariz grande, prominente, por lo que parecía un demonio.

Al verle caminar en un día tormentoso, flotando el traje alrededor de su cuerpo desaliñado se le podía observar tomando algo, por lo que la leyenda lo clasificó como un hombre que descendía sobre la tierra.

## Fantasma inofensivo

En muchas ocasiones ayudaba a los hacendados en los trabajos menos difíciles, formaba las pacas para llevar a los caballos al abrevadero y a las vacas llevarlas a las tierras de pastoreo, cortaba madera para el invierno y otras tareas porque no era violento ni peligroso.

Ahora nos toca tomar el camino de las espinas, mientras el ritmo de las luciérnagas hacía el compás a los canticos resonantes del resto de los insectos con armonía del sonido del viento sobre las copas de los árboles.

Desenfundé la katana para apuntar al arbusto de espinas que cubrían el camino de la ruta que nos indicó el maestro Togakure Ryu y en el instante en que la puse al descubierto, se produjo una mágica reacción de las voladoras luces que se colocaron en fila de ambos lados del camino de las espinas, cuyos arbustos semi rastreros reaccionaron con un movimiento anticipado y al apuntarlas con la espada se separaron y abrieron el sendero.

Tal parece que tanto los espíritus, como las almas perdidas tienen influencia en ese bosque que nos conduce a lo alto de la montaña, como si fuera un bosque encantado, pero el arma sagrada del ninja Hattori Hanzo, tiene un poder, sobre todo.

Me puse en guardia con la katana señalando el sendero protegido por las hierbas espinosas que parecían cobrar vida ante las conexiones que existen entre todo lo que permitió esta magia y comenzamos a caminar lentamente a través de una distancia como de quinientas yardas hasta llegar al final de esa ruta secreta.

¿Pero que nos esperaba al otro lado del camino?

La ruta se dirigía entonces hacia unos arroyos y pantanos y de los sombríos bosques hasta la zona donde le tocaba vivir el legendario ninja.

Pero en aquella hora embrujada de la mañana, todo sonido, todo ruido de la naturaleza excitaba nuestra calenturienta imaginación.

¿Qué terribles formas y sombras se cruzarían en esos caminos a la claridad débil y espectral de la anterior noche que pasamos y con qué ansiosa mirada observábamos el más débil rayo de luz que provenía de la atura de los árboles distantes del firmamento?

Nos preguntamos mientras avanzábamos hasta llegar a los arroyos.

¿Cuántas veces le asustó un arbusto cubierto de espinas a una persona que invadía lo que parecía el hogar de los espectros revestidos de trapos?

¿De qué manera retrocedió espantado alguien al oír el ruido que hacían sus propias pisadas sobre la tierra helada?

¿Temía mirar hacia atrás de puro miedo de ver algún horrible monstruo?

¿Cuántas veces ye repetidamente se sentían todos próximos a desmayarse por confundir el movimiento de los árboles causado por una ráfaga de viento con el jinete sin cabeza?

Bien; eso solo son algunas de muchas de nuestras preguntas sin respuestas que invadieron la imaginación de estos humildes exploradores para el momento en que nos dirigíamos al encuentro con el Ninja más popular de esta época.

## Deslumbrante hogar del ninja

Koga es el verdadero protagonista de esta historia y es el eslabón que nos toca descubrir de una cadena de acontecimientos existentes en los confines del tiempo para lo que nos asignaron esta misión.

Ya había guardado la espada dentro del envoltorio en que la trasladaba y la razón es porque no soy ninja, ni guerrero, cuya arma la recibí con propósitos premeditados como ha quedado demostrado y ahora entramos al territorio donde se refugia nuestro objetivo, de quien esperamos no nos considere una amenaza a pesar de que mi imaginación va por otra vía.

Nos detuvimos sorprendidos ante lo que tenemos a la vista después de recorrer los obstáculos de lo que muy pocos logran vencer excepto uno, quien es el guardián y residente de ese solitario lugar tan atractivo como rodeado de una mágica figura natural, parecía una estampa o un mural de nuestro tiempo, pero ese era real.

El ambiente atmosférico, la iluminación, el clima o el momento del día, cada amanecer o puesta del sol es un momento único e irrepetible en ese lugar que está ante nuestros ojos, incluso la visión de la montaña depende del estado emocional del ninja montañero, quien en medio de un desafío incontenible o un instante de inspiración se apoderó de ese increíble lugar.

Los paisajes de ese reino, libre y salvaje de las montañas de la  aldea Iga que son varias, son provocativos pero nunca dejan diferentes a otros similares, son incitantes y desencadenan infinidad de sensaciones.

Sencillamente, son un regalo de la vida dentro de esta pequeña cordillera del archipiélago japonés, que posee un escenario montañoso plagado de maravillas geográficas, como por ejemplo caprichos geológicos y preciosos valles poblados de bosques, que son regalos de diversidad y riqueza natural del país asiático.

Las montañas de esta provincia se distinguen por la composición geológica, el modelado glaciar, la estructura mineral y la cubierta forestal como rasgos principales de hace siglos, abriendo pasos a veredas, senderos y caminos que son un paraíso, cuyas cumbres son arrogantes pináculos calcáreos plantados.

Sobre las verdes praderas de montaña como colmillos gigantes de piedra en forma de torres, pirámides, espinas y castillos, la sierra de ese paraíso escondido, tienen un magnetismo especial por los relieves, las texturas y los colores, son montañas vivas y poderosas y caminar entre ellas es un modo fantástico de hacer vivir en el mundo de los sueños.capítulo uno.

## Capítulo XV
### De frente con Koga

Muchas veces y de manera repetida algo tiende a suceder cada minuto que transcurre en el tiempo que nos detuvimos ante la vista de este paraíso.

Nuestros pensamientos vagan por los senderos de la incertidumbre ante lo que nos podríamos enfrentar debido a que admitimos, que ahora estaríamos lidiando con un ninja experimentado, cuyas características de acción ya las conocemos de antemano y por supuesto, no esperamos que Koga salga muy sonriente saludándonos como si fuéramos visitantes vecinos a sus dominios.

Basta con mirar alrededor metro a metro, para darnos cuenta de que nos están mirando y esperando el siguiente paso que daríamos, pero Sergio y mi persona comentamos de manera silenciosa, que deberíamos esperar un rato a ver cuál sería la reacción del guerrero, porque reconocemos que no hemos sido invitados; además estamos irrumpiendo en el lugar en el que se supone que es secreto o del desconocimiento del resto de los habitantes de la aldea.

Pero desde las profundidades de mi torturada alma humana, surgían feroces voces que me indicaban sobre los nefastos peligros, si no actuamos con la debida precaución, aunque sutilmente en mis diáfanas pesadillas, en mis riesgos mentales algo me gritaba:

"¡Cuidado!

Desháganse de la carga con mucha sutileza". Era la voz de mi subconsciente.

Pero es esta torturada alma humana mía y sobre todo; los monstruosos recuerdos que me acechan por las historias, relatos y sucesos sangrientos de la historia japonesa, los samuráis, los ninjas, los fantasmas, las brujas, lo yokais, las apariciones, las palabras repetidas que me ocasionaban un concierto de voces dentro de mis pensamientos:

—*¡Abran sus ojos ante los hechos a lo que se van a enfrentar!*

Eso es lo que estoy haciendo ahora mismo en que nos encontramos ante la antesala de un probable ataque inesperado, conscientes de que es la técnica ninja, pero de la misma manera invité a Sergio a que hagamos lo correcto en ese momento de incertidumbre y en este sentido le dije:

—Sergio; poco a poco nos vamos a deshacer de la carga y colocarla en el piso, debido a que nos están visualizando a la espera del momento de actuar.

A lo lejos puedo ver la silueta de una persona alta, fantasmagórica.

—¿Será real o el efecto del temor abrumador que me aquejaba?

## Rompiendo los temores

La figura apuntaba al suelo con un largo brazo teñido de negro, mucho más negro que la noche estrellada en el balcón de mi departamento de mi época y es que ese temor parece apoderarse cada vez más de mí.

Yo no dejaba de mirar al horizonte y al resto de este valle cargado de verdor; la figura siniestra trataba de meterse en mi cabeza, pero recuerdos y más recuerdos de vidas que parecen ser pasadas, memorias escondidas en el fondo de mis pensamientos, riesgos que no se corrigieron, recuerdos se mezclaban dejándome con el corazón frío y el alma hirviendo, forman parte de este drama silencioso y particular.

Un haz despampanante emerge desde la copa de un árbol, justo al lado de la silueta

¿Es posible que Koga sea el que está allí?

¿Alguien que en su encierro máximo pueda ser capaz de confinarse en tan acogedor espacio?

¿Podría suponer que Koga estaría preparando algún tipo de acción?

Con el correr de los segundos, la vista de la silueta parecía hacerse más intensa, su fulgor sombrío parpadeaba como lo hacen los pumas en sus momentos de cacería.

¿Pero cómo? — Me preguntaba.

Lleno de decisión giré; di un paso lento agachándome al mismo tiempo en que con mis manos desprendía de mis espaldas el paquete que cargaba de provisiones, Sergio imitaba mis procedimientos y simultáneamente, coloqué en el piso toda la carga, al igual que el envoltorio de la katana, todo con mucha precaución como un gesto de rendición ante lo desconocido.

Al mover mi pie izquierdo, sentí un destello helado sobre mi espalda y la sensación de pánico se apodero de mí carcomiendo cada uno de mis sentidos, de repente la fría punta de un metal en la parte de atrás del cuello que me trataba de someter de manera sigilosa, fue la primera acción del habitante del presente dominio, de quien aún desconocía si se trataba en verdad de Koga u otra persona.

Yo por mi parte no intentaría actuar de manera rápida y con la misma reacción de mi lógica de entrega y sumisión, levanté ambos brazos, y tras mirar a Sergio, observé su semblante de pánico y sus ojos relampagueaban que parecían gritarme en silencio.

Un frío intenso se apoderó de mí y en cada movimiento que hacía aumentaba más y más; me sentí ligeramente sometido, pero no intenté luchar ni forcejear, ni pronunciar alguna palabra, supuse que era producto del miedo, pues la verdadera preocupación estaba en esperar el desenlace de esta indeseable sensación.

No habían terminado de transcurrir ni cinco minutos, cuando sentí de súbito un horripilante grito proveniente del fondo del lugar que me hicieron comprender que Koga no estaba solo.

Quería correr desesperadamente buscando refugio, pero era imposible ante las circunstanciales evidencias de que estamos ante un desenlace desconocido.

## El espanto y el guardián

Lo siguiente que vi luego de esos gritos fue un arbusto a mi izquierda, pero si realizaba algún movimiento brusco corría el riesgo de que me cegaría la vida.

Sin pensarlo dos veces, me imaginaba implorando que todo fuera una pesadilla, hubo un silencio fúnebre por un momento y lo que enseguida pasó, marcó mi vida por siempre.

Escuché una respiración jadeante cerca de mi cuello que se hacía cada vez más frecuente, volteé y lo que vi me dejo paralizado y más aún, nos vimos rodeados de una manada de lobos que con mucho silencio lo acompañaban.

Una silueta no fue muy reconocible, lo único que se resaltaba era su rostro pálido con varios moretones, tenía ojos desorbitados de color rojo escarlata, parecía en estado de posesión, intente gritar, pero me puso su mano cadavérica en la boca seguida de una carcajada, cuando terminó de reír me dijo:

—No temas, pues siempre he estado contigo,

en tu closet, en tu ducha, en tu cama, soy esa sensación de miedo que recorre cada parte de tu cuerpo, soy esa presión que no te deja mover en las noches por más que intentes, soy aquello que accidentalmente deja caer algunas cosas en tu habitación, eso que no sale de tu mente cuando cierras los ojos intentando dormir, soy esa percepción de peligro que revolotea en tu cabeza.

Sergio miraba asombrado ante lo que teníamos frente a ambos y aún no bajaba los brazos levantados igual que yo, a la espera del fantasmal siguiente paso de quien esperábamos la orden de bajar los brazos y estar seguros de qué se trataba de esta forma de presentación.

Esa misma mañana, el sol brillaba en el horizonte y emitía un calor que invitaba a olvidar a los malos momentos porque ya había llegado la posibilidad de disipar las dudas, incluyendo lo concerniente al indescriptible guardián de quien se identificó como el autor de mis pesadillas.

Pero él lanzó su mirada captando algo con su vista fría hacia el horizonte que me hizo sospechar que esperaba la señal de su acompañante o su amo, de quien mi mente sugería que se trataba de Koga.

Él prosiguió su espera como si nada, porque todo dependía de la reacción del líder y ahora sé que estamos ante el epílogo de nuestra búsqueda para dar inicio a los siguientes episodios de nuestro salto en al pasado.

## Renegado a la vista

El tiempo se detuvo en aquel instante, los ojos del impresentable se abrieron más, formando una mueca y en medio del hermoso valle, entre la sorpresa y el pavor pudimos presenciar la verdadera causa de ese viaje tan lleno de sobresaltos y angustias.

Su boca quedó entreabierta, como quien olvida lo que estaba a punto de decir, su cuerpo temblaba sin motivo aparente, el empujón de Sergio que tropezaba con él, nos despertó del letargo

Fue entonces, en el preciso momento en que observamos la figura del hombre al otro lado del paso frente a nosotros, que caminaba lentamente y con su investidura sorprendentemente característico de un guerrero ninja que se dirigía hacia nosotros.

Alto, corpulento, fuerte caminando de manera

que no apartaba su mirada para donde estábamos y solo aguardábamos estar frente a él como ya lo dedujimos, luego de la emboscada trasera que nos hizo su guardián de características extravagantes.

Cuando se detuvo en seco quedó paralizado, esperando que tras de nosotros su acompañante abandonara su posición, al parecer el cruce de mirada entre ambos era la señal.

Era él; sííí, el legendario ninja rebelde quien estaba frente a nosotros, hizo un gesto hacia el personaje extravagante y dominante presunto autor de mis pesadillas y esta pesada carga fantasmal bajó guardia, dio varios pasos hacia atrás y se mantuvo atento a los acontecimientos que Koga presidirá partir de ese momento.

Mi compañero Sergio, presenciando aquellos movimientos, vencido y dominado por el miedo, siguió la sensación que lo impulsaba hacia el ninja, se movió a paso lento, cabizbajo y ausente demostrando en su condición de médico que se encontraba en un proceso post traumático.

Temía encararse con él, pero no podía dejarlo pasar, pero tenían que llegar hasta olvidar el susto y en algún lugar de su cabeza, giraban tal vez confusos pensamientos sobre los hechos.

A medida que avanzaba, trataba de analizar la figura estática que aguardaba tras nosotros e intentaba comparar con algo conocido su apariencia, pero era imposible discriminar porque había demasiadas opciones.

Observando los rasgos del enigmático y legendario ninja renegado, notaba que llevaba peinado hacia varios lados, su cabello lucía muy negro y en algunos puntos sin desmerecer el abundante color que cubría su cabeza.

El traje que vestía era oscuro y gris, al mismo tiempo de elegante apariencia y en la mano derecha, portaba una katana de empuñadura negra.

Aunque demasiado característico en común entre los clanes de su aldea, algo desentonaba en él, parecía uno más en aquel mar de hombres y mujeres trajeados de negro que cubrían sus rostros portando espadas, pero él no lo era la diferencia y paseaba en su personalidad sin desperdicios en comparación con los maestros de sus clanes

¿Acaso no representaba su apariencia de guerrero, ahí parado como estaba?

Para nosotros, el miedo vibraba en cada célula

de nuestros cuerpos, con sobrada razón. Koga se encontraba apenas a un palmo de la distancia nuestra y él continuaba congelado en el mismo lugar alrededor de él una cuadrilla de lobos lo acompañaban.

¿Qué estaba esperando?

Dio el último paso en nuestra dirección y un olor a yerbas se diseminaba alrededor y era de un intenso y desagradable olor, como un aroma silvestre que se impregnaba medio rancio y portaba en el aire la advertencia, pero ya era demasiado tarde.

Koga dirigió su mano izquierda a mi hombro para llamar entablar una conversación, abrió la boca para hablar, pero notó un gesto de temor en mi rostro, respiró con una profunda bocanada de aquel aire y pronunció cinco palabras:

—¿Quiénes son y que buscan?

Sus ojos fueron los primeros en brillar ante la pregunta y mi debilidad se apoderó de todo mi cuerpo, no sabía aún cómo responder ante la coyuntura del momento de aprieto y tenía que reaccionar.

Respiré profundo y no fue sino hasta exhalar

el aire de mis pulmones para responderle y justificar nuestra presencia en su refugio.

Él, ablandando su rostro con su duro semblante que me recordó el insistente y repetido mensaje de advertencia, bajé mi cara como buscando una repuesta convincente, mientras Sergio me miraba con atención.

La intensidad de la luz solar provocaba que su rostro apareciera sumido en sombras, pero en mis conclusiones podía definirlo con una personalidad mística, al mismo tiempo que con una fortaleza diferente al resto de los ninjas, excepto su antepasado símil al referirme al Hattori Hanzo, pero respecto a él, surgirán algunos hechos que atraerán más su confianza hacia nosotros.

## Capítulo XVI
## El interrogatorio

Nos inclinamos con un gesto de respeto hacia él, característico de su cultura y al levantar nuestras caras y mirándolo para esperar que nos permita interactuar con su persona, me hizo una señal afirmativa con su cabeza, al mismo tiempo que posaba su mirada hacia mí y posteriormente hacia mi acompañante.

—Somos viajeros que vinimos de Kioto en busca de un guerrero que lleve a cabo una secreta misión y queremos su permiso para plantearle una secreta misión.—Le expliqué.

Koga enseguida notó que éramos extranjeros, tras escuchar mis palabras y observar nuestra indumentaria y los pertrechos que nos acompañaban, pero también confirmó que éramos inofensivos e inexpertos en las artes marciales y escasos de formación en esas actividades, pero en vista de sus conclusiones, decidió invitarnos a seguirlo hasta su morada.

Un escalofrío hizo que cerrara los ojos, noté que Sergio se tambaleó un poco, por lo que tuvo que apoyar las manos en mi hombro para obtener estabilidad en su cuerpo y recogimos nuestra carga y de manera discreta el envoltorio con la katana sagrada.

Al recuperarnos de nuevo, pudimos observar que el legendario ninja caminaba unos pasos delante de nosotros, el extravagante estrafalario guardián suyo, nos seguía a una distancia prudencial, al mismo tiempo, mi acompañante me abordó para recordarme las frases inscritas en nuestras mentes:

*"¡Abran sus ojos ante los hechos a los que se van a enfrentar!"*

## Un prolongado temor

El miedo no se había disipado entre nosotros y continuaba con el control de nuestros cuerpos, pero yo recordando el grito del guardaespaldas de Koga, mis pensamientos no me dejaban analizar la situación.

Caminamos en fila hacia el refugio de Koga y nuestras miradas giraban hacia cada lado del valle alrededor del cual, observamos un área de entrenamiento con algunas herramientas, aunque las principales eran los palos largos y resistentes, a ambos lados había pistas para trotar las cuales también eran necesarias.

Los minutos transcurrían al paso del andar hacia el lugar de sus aposentos y a medida que avanzamos presenciamos un lugar despejado rodeado del ambiente natural y de montaña, donde muy pocos logran llegar y tal vez serían las preguntas que responderíamos a nuestro nuevo anfitrión por lo que desde ahora la etapa crucial del viaje al pasado.

Fue así como iniciaríamos los ciclos de consultas y repuestas sobre lo que estamos a punto de disipar, dependiendo de las reacciones y la voluntad del ninja para comprender y despejar las dudas en torno al tema y la agenda elaborada para tales fines.

Más adelante vimos unas casetas bajo las sombras de varios árboles rodeadas de arbustos y otras plantas, sobre las que deducimos que eran parte de todo un mundo en que se ocupaba sin ser molestado por ninguna otra persona que no sea por su protegido el estrafalario acompañante.

## Un refugio indescriptible

La Cueva estaba al fondo y era el hogar de Koga; en ella recorre el interior de la montaña a lo largo de casi un extenso pasillo con varios compartimientos que le permite su permanencia en su interior sin ser molestado por extraños o animales salvajes.

Al parecer; durante la noche el estrafalario guardaespaldas del ninja junto a unos lobos grises de guardianes, se encargaban de impedir el ingreso de cualquier alimaña a su interior.

Lo peculiar de ese refugio es lo acogedor que se siente dentro de sus pequeños salones internos, donde se observa una antesala, un pequeño salón con una especie de montículo para cocinar cuando fuera necesario, en el que tenía sus reservas de leña y alimentos secos, hierbas, granos y especies, pero otro espacio interior y el más apartado era la habitación o el aposento del líder de los ninjas, aunque habían otros lúgubres espacios que parecían habitaciones, en uno de los cuales al parecer dormía el estrafalario amigo.

Es la imagen del conjunto de salas y estrechos pasadizos, desnivelados y formas diversas de características de esas formaciones rocosas, dentro de las cuales se preserva la temperatura a un solo nivel.

El suelo en el que usaba Koga de habitación

personal estaba cubierto por bloques de piedra desprendidos, sus dimensiones son las que le han propiciado la comodidad en la que se ha acogido el legendario; desde cuyo interior se siente un silencio y una tranquilidad especial.

Pero la presencia de murciélagos no faltaba, acerca de lo cual; tan de ellos es el hábitat como el de la costumbre de los que la convirtieron en su refugio por lo tanto, la hospitalidad era compartida y eran los únicos con derecho a ingresar por las mañanas, en vista de que dichos roedores voladores son noctámbulos.

La abundancia de los voladores en otros tiempos, propició el cúmulo de sus excrementos, que al descomponerse sobre la roca calcárea rica en fosfatos, formó un nitrato potásico, más conocido como salitre; de ahí el nombre de la cueva.

La caverna había quedado en el olvido desde la época medieval en la que se presume era utilizada por dragones hasta ese  tiempo que ahora la ocupaba el más popular de los ninjas de ese período y fue redescubierta por los monjes, cuya información fue transferida a Koga y con todas las dificultades y secretos para llegar a ella.

## Diplomacia rebelde

Koga nos había conducido al interior de su refugio en el que pudimos observar sus características e instalaciones, demostrando una iniciativa que permite configurar una idea diplomática de su personalidad, aunque en torno a su identidad, su perfil, sus condiciones de ciudadano japonés y sus opciones de libertad, no estaban en entredicho.

Pero ante el imperio y la comunidad ninja de la aldea, de acuerdo a las primeras versiones que pudimos captar de él en ese recorrido, del que ahora nos invitó a una charla mientras prepara una bebida de hierbas para compartir.

Una parte o faceta del legendario que desconocíamos, pero con la debida aclaratoria que él se considera un maestro ninja de un nivel superior a muchos instructores de las artes marciales y su "Rebeldía", que consiste en desacuerdos con algunas de las cincuenta y tres familias o clanes con quienes no existía reciprocidad en muchas, por la que nos hizo saber los principales detalles de su causa; era obvio, que Koga no era un prófugo.

Pero toda esta información la estamos

recibiendo mientras caminamos con él, sin que su estrafalario guardián nos pierda de vista y nuestras pertenencias han sido colocadas en un lugar de una de las casetas externas de la cueva.

Luego de que el guerrero Koga terminó de preparar y cocinar una bebida y endulzarla con miel como es costumbre del Japón, nos ofreció una humeante porción que compartimos con él, antes de lo cual nos disculpó para realizar una brevísima ceremonia con un lenguaje muy autóctono de las antiguas tribus niponas.

Había un par de sillones de bambú de fabricación artesanal debajo de una de las casetas en las que él meditaba y practicaba sus ejercicios, alrededor de ellas, tenía muchas plantas de jardín multicolores, asegurándonos que alienten al espíritu y al igual obtener sus frutos y entre otras cosas sus hojas que nos permiten utilizarlas para el té,

—Buena combinación maestro, —Le comenté.

## El impacto de un descubrimiento

Fue una de mis primeras palabras en el marco de la sorprendente cortesía con el ninja rebelde, quien en ese momento inició la entrevista, mientras el sol daba muestras de plenitud desde lo alto y los árboles danzaban al paso de la agradable brisa.

—¿Ustedes vienen de Kioto a hablar conmigo?

—Nos peguntó Koga.

Eso fue lo que le dije allá atrás señor y hemos hecho un gran y discreto esfuerzo para llegar acá a esta entrevista que después de todo, usted nos ha concedido.

—¿Cómo pudieron evadir los inevitables y difíciles obstáculos del camino y conocer la ruta y el punto exacto donde yo me encuentro?

¡Nadie podía conocer mi refugio!—Gritó.

—¡Y además, superar esas berreras imposibles de ser atravesadas!

—Añadió Koga mirándome fijamente a mi cara y girando levemente hacia mi acompañante.

Aunque el legendario guerrero en ese momento no se mostraba encolerizado, eran algunas entre sus primeras preguntas que le permitiría aclarar varias dudas.

Maestro; insistí explicarle al guerrero para

responderle a eso y otras interrogantes que usted probablemente me haría, le suplico me permita mostrarle una prueba que le ayudará a responder todas las demás y despejar todas sus dudas.

Dicho eso y Koga se sorprende y sobresalta extrañado arrugando su cara con un rostro de incertidumbre.

—¿Y dónde está esa prueba, preguntó?

El extravagante ayudante de él se encontraba entonces de pie frente a su lado, quien abrió los enormes ojos ante un cruce de mirada entre ellos y de inmediato insistió repitiendo la pregunta.

—Es un paquete largo de tela blanca que está junto a nuestras cargas de provisiones que usted ordenó colocarlas allá en aquel lugar, — señalándole con mi mano derecha el lugar donde dejamos las mochilas.

—Le respondí así mientras Sergio enmudecido miraba un poco preocupado intentando ponerse de pie para dar unos pasos e ir en busca del artefacto empaquetado.

—¡No!— dijo; inmediatamente Koga, haciéndole una señal al guardián para que lo buscara él, mientras con su mano derecha le indicaba a mi compañero que se quedara sentado.

Menos de cinco minutos transcurridos de ida y regreso, el estrafalario guardia de Koga regresaba tembloroso con el paquete envuelto en tela que colocó en mis manos.

 Enseguida me puse de pie y de inmediato, él se levantó extrañado debido a las características del envoltorio y con su mano derecha colocada en su propia espada, esperó saliera a relucir el objeto que para él era desconocido y su forma externa le familiarizaba.

Con mi cara agachada puse al descubierto la pieza que lo hizo saltar, tanto a Koga como a su ayudante y al unísono estallaron en un  grito de una fuerte palabra:

—¡Hattori - ¡Maestro!

Inmediatamente y de una manera súbita, el guerrero Koga sacó su katana al ver la flamante espada sagrada en  nuestro poder, la cual despedía una brillante luz que parpadeaba y apuntó la suya hacia arriba mirando hacia ella y luego la fue bajando lentamente colocando la empuñadura sobre su pecho con un gesto cabizbajo.

Luego se puso de rodillas, colocó su arma en el piso como muestra de lealtad hacia su antepasado, de manera similar el guardián lo imitó con la de él y de la misma manera hice lo mismo, por lo que, en ese instante las tres katanas resplandecieron despidiendo una intensa luz blanca que nos cegaba a todos.

## Capítulo XVII
## La katana sagrada era la clave

Los efectos mágicos de las tres katanas permitieron conformar un pacto y elevamos plegarias en ese instante en que se cruzaron tres lapsos de tiempo, presente, pasado y futuro.

Por su parte mi acompañante estaba perplejo y no alcanzaba a pronunciar palabra alguna, al mismo tiempo que entre mis pensamientos estaba Damián, quien, desde otra montaña lejana a la nuestra dentro de la nave y la tecnología de alto poder, escuchaba silenciosamente todo el drama que se desarrollaba.

En cuanto a la participación del acompañante de Koga, su postura en el momento, puso al descubierto hacia nosotros la razón por la cual existía una fiel compañía con el legendario, tal y como lo detalló el guerrero en pocas palabras.

El arma del guardián del guerrero Koga pertenecía a otro antepasado ninja de uno de los clanes, a quien la dejó como herencia al actual portador en su condición de antiguo ninja, quien fue declarado como renegado por las familias de las aldeas vecinas.

Él era su amigo de confianza, quien en medio de unos enfrenamientos con los samuráis quedó inconsciente, luego de lo cual fue lanzado a un despeñadero donde despertó después de mucho tiempo en el inframundo, desde entonces quedó deambulando por las selvas y las montañas.

Koga lo rescató y lo trasladó al refugio y desde entonces ha sido su fiel compañero.

En pocos minutos las espadas estaban de nuevo en poder de sus portadores y enseguida se inició un importante diálogo que incluyó una importante pregunta relacionada con la "La Hija de Lo Lobos", a quien se le conoce Ayame y como su pareja sentimental y de quien al parecer hubo un descendiente.

## El guerrero y la princesa

—Con todo respeto maestro, me disculpo con usted por ese tema de su vida personal, pero es que es del conocimiento nuestro su relación con la joven debido a que sospechábamos que estaba aquí con usted y deseaba ofrecerle mis respetos.

Dicho esto; el guerrero inclina su cabeza y nos mira ahora con más confianza que antes del descubrimiento de la katana sagrada, a la cual le rinden tributo los ninjas; entonces Koga nos narra una crónica que se relaciona con su amada y quien responde al nombre de Ayame.

Se refiere a la princesa vinculando su origen a la aventura del príncipe Katusaka, hijo del emperador Kaido, quien recibió en su aldea el ataque de un jabalí endemoniado que lo contagió con una terrible maldición que se manifestó en su brazo.

El animal; caído en combate contra Katusaka, resultó ser un ser divino que, por poseer una misteriosa bola de hierro en su cuerpo, había perdido la compostura y atacado la aldea del príncipe.

Para encontrar la solución a su destino, por consejo de los mayores de la aldea, Katusaka salió en busca de las tierras del Dios ciervo, de dónde provenía, pues solo él podía liberarlo de la maldición.

Fue así como el príncipe descubrió un poblado inmerso en una isla, que más que eso, era también donde funcionaba una fundición de hierro liderada por una mujer, con quien Katusaka encontró respuestas al misterio sobre el sortilegio de su brazo.

Ayame está relacionada con los lobos debido a que sus antepasados eran de esa especie y además, ella en su adolescencia se entrenó como guerrera en un clan que tenía por nombre el clan de los lobos, nos explicó el ninja.

Los lobos están relacionados con los primeros emperadores, situando el valle del lobo como la naturaleza pacificada exterior del palacio.

Esta especie, pero concretamente el de color blanco, se consideraba un dios dentro de un terreno sagrado asociado con la incertidumbre y peligros del mundo exterior al palacio.

Eran los símbolos de las soledades y la impermanencia ligados a las montañas y considerados como deidades.

Los emperadores, los príncipes y los miembros de las cortes imperiales, usaban a los lobos como mensajeros divinos, igual que el príncipe usaba al zorro.

De hecho; el nombre del dios era el que se leía antiguamente como "Ōkami Lobo" o "El Gran deidad", el dios no el mensajero y en el santuario de la prefectura de Osaka, los lobos flanquean la entrada como los guardianes.

Los antiguos pobladores incluso, creían que los lobos habían surgido de la unión de una diosa y un lobo blanco y de allí de otra generación habría nacido la princesa Ayame.

Ella se enamoró y entre ambos procreamos un bebé, constituyendo una familia, cuyo destino lo protegen los dioses a la distancia del refugio de Koga.

Para ellos, los lobos, los osos y los búhos eran dioses y ancestros, que sacrificaban en las ceremonias para liberar sus esencias divinas de sus cuerpos terrenales, permitiendo que viajen a la tierra de los dioses.

## Hospitalidad inesperada

Durante la mañana rodeada de sorpresas, al son de los cantos de las aves y los insectos, la resplandeciente luz del sol, el movimiento de la intensa brisa que estremecía los árboles generando en conjunto sonidos, en los que parecía existir una presencia espiritual en el refugio ante los acontecimientos, la entrevista se tornó diferente.

Transcurrían las horas en medio de todas las conversaciones y relatos, distantes todavía del principal objetivo de la visita como parte de la misión, había que comenzar por la diplomacia para ganar la suficiente confianza con el legendario, gracias a la katana sagrada por lo que ahora comprendí, por qué el fantasma de Hattori Hanzo, se materializó ante nosotros en el hospedaje y nos dejó el mejor salvoconducto que podíamos imaginar.

Recordando las palabras de la pareja de la tienda para el momento en que entraron en trance, era el anticipo de las ventajas que se iban produciendo en nuestro segundo salto en el que el espíritu polizón de Hattori en forma de energía, quien regresó del pasado hasta la aldea, habría sido con un propósito, premeditado que se viene materializando paso a paso.

Tras ese hecho y otros, los aldeanos, los estudiantes y los instructores ya habían recibido la señal de su presencia y debido a eso la conducta de todos cambió hacia nosotros, convirtiéndonos en instrumentos para aclarar las sospechas en torno al probable genocidio el emperador.

Mientras tanto, nuestra entrevista con Koga se desarrollaba, habíamos notado que el guardián de él, se había retirado pero pudimos darnos cuenta que habría sido por una razón, sobre la cual teníamos ante nosotros un gesto muy oportuno, como lo confirmamos que el estrafalario ayudante estaba dedicado a procesar alimentos para ofrecernos un banquete.

Pero nuestro nuevo improvisado anfitrión, por quien nos desplazamos a través del tiempo y hemos confrontado algunas situaciones vinculadas a esta misión, parecía aún un poco distante en enfocar la pregunta principal.

Era el plan genocida del emperador por el que hemos movilizado una increíble tecnología, transportados a otra dimensión de las paradojas, arriesgado nuestras vidas y expuestos a los efectos colaterales, tal vez irreversibles y los riesgos de ponernos al descubiertos de que vinimos del futuro, excepto de que el propio Hattori Hanzo, conoce ese secreto.

## El dilema vs la discordia

Dada las circunstancias, y en espera de entrar en detalle por parte de Koga, quien para mi sospecha estaba esperando el momento oportuno que lo impulsaría a preguntarme sobre nuestra presencia en el refugio por el que para llegar a él sorteamos una complicada travesía.

La justificación estuvo cuando le respondí

sobre un supuesto contrato contra un emperador en su condición de su alta categoría ninja.

—Maestro; ¿usted estaría dispuesto a suscribir un trato para un plan secreto para liquidar al emperador?—Le pregunté.

Levantando la mirada hacia el infinito cuando el azul del cielo se acentuaba a la hora pico del mediodía, Koga inclina luego su cabeza y como pensativo trata de asociar la pregunta con las razones por la de su recogimiento en ese lugar secreto e impenetrable y su prolongada permanencia.

—¡Es propicia y oportuna la ocasión para comentarles acerca de esa pregunta, a la cual debo responderles, pero dada la condición de confidencialidad que se ha generado entre ustedes y mi persona, por ser portadores del símbolo sagrado de nuestros clanes y familiares!

—Esa es una de las razones de mi clandestinidad y antes de dicha pregunta que usted me hace, fui amenazado para un trabajo mediante el cual debía liquidar al emperador bajo ciertos beneficios por unos líderes de unos clanes rebeldes, lo cual no acepté.

Aclaró al respecto.

—¡Entonces les diré lo siguiente!—

Durante el período medieval, Japón estuvo dominado por sus guerreros y esta situación quedó reflejada en la austeridad, situación que produjo un conjunto de cambios en los sistemas de gobierno imperial, uno de los cuales fue el auge de muchos jefes con títulos que originaron algunas pugnas y entre ellas estuvo en el ascenso de uno de los jerarcas a quien lo conocían como Yoritomo.

Comenzó a explicar nuestro entrevistado.

—Ese sería el shogun hasta su muerte y tras un breve período sin gobernante como es tradición en esa cofradía, la viuda de él y su suegro decidieron gobernar ellos mismos, con lo cual no solamente promovieron los intereses del clan de los shogunatos, sino que también cambiaron para siempre la política japonesa, creando los cargos titulares de regentes.

—Con esta nueva disposición, —continuó diciendo, —
Ese era quien ostentaba el poder real y el jerarca del emperador se convirtió en una simple marioneta, mientras que los opositores

controlaban todos los puestos claves del gobierno del shogunato hasta la restauración de Meiji.

De modo que; ahora y en tiempos de guerra, la sociedad japonesa se organizó en torno a la relación feudal, entre los feudales y los vasallos.

Pero con el auge de los señores de la aldea, los primeros entregaban tierras a los segundos a cambio del servicio militar. En el caso de un shogun o señor con muchas posesiones, podía dar una parte a un administrador.

Un cargo abierto a hombres y mujeres; para gestionar y recaudar los impuestos locales con derecho a unas tasas y a la titularidad. Este cargo se daba con frecuencia.

Muchos se hicieron poderosos por derecho propio y sus descendientes llegaron a ser daimios o terratenientes feudales influyentes, mientras que otro estamento de terratenientes era el de los gobernadores militares.

Entonces; el sistema de gobierno del shogunato siguió la línea imperial y consiguió controlar la mayor parte del centro de Japón.

Sin embargo, las provincias exteriores eran

otro asunto, quedaron a merced de los daimios que las gobernaban a su antojo, haciendo muy difícil que el gobierno recaudara impuestos de ellas.

Algunos eran administradores eficientes y honrados, y las aldeas siguieron prosperando y creciendo por todo Japón, con los granjeros buscando en su mayoría la seguridad y los beneficios del trabajo conjunto en proyectos comunales tales como la excavación de canales de irrigación.

En ausencia de autoridad por parte del gobierno central, las aldeas a menudo se auto gobernaban. Se formaron pequeños consejos que tomaban decisiones relativas a las leyes y castigos, organizaban festivales comunales y regulaban las actividades de la comunidad.

El ejército japonés hizo incursiones muy notables, conquistando incluso Seúl y Pyongyang, pero la muerte de Hideyoshi marcó la retirada de Japón. Tokugawa Ieyasu adoptó el título de shogun en 1603, luego se estableció así el shogunato Tokugawa y comenzó el período post medieval Edo hasta 1868.

## Capítulo XVIII
### El contrato

Era falso; por todo eso mismo en la búsqueda de un cambio radical del sistema imperial, alguien deseaba romper con todo ese esquema, por lo que fui visitado un día por unas personas de manera confidencial en mi lugar de residencia de la aldea, para liquidar al emperador, e intentaron bajo chantaje y amenaza contra mi familia y la aldea.

Nos indicó Koga sobre un plan, asegurando:

—En ese siniestro plan me incluyeron para cumplir esa misión, por lo que decidí investigar por mi cuenta, aseguró.

Inicié mi propia averiguación para lo cual tuve que poner en resguardo a mi familia, a quienes envié secretamente a una montaña lejana y luego me vine a refugiar a este lugar, donde mi fiel amigo permanecía después de haberlo rescatado de las tierras del inframundo.

Mientras se desarrollaba la conversación entre nosotros, se acercó el ayudante de Koga de manera discreta, a quien le estaba indicando que tenía lista una comida especial para todos y en ese sentido, nos pusimos de pie y el legendario ninja nos invitó a pasar a la sala principal de la cueva, donde iba a tener lugar un agasajo.

—Ustedes han sido bienvenidos a mi refugio, en vista del nivel de amistad que nació al instante en que se unieron nuestras katanas con el símbolo sagrado, de quien representa nuestra alma invencible de nuestros clanes.

Dijo Koga al momento en que estiraba su mano indicando la ruta del salón de honor para compartir el banquete meridiano que había preparado su amigo ayudante.

—Ya en el salón, la mesa, que era de piedra y los asientos de bambú, lucían como un banquete de reyes con platones tallados de madera y el resto de la vajilla diseñados y hechos a mano de diferentes materiales naturales.

## Un banquete de reyes

Una enorme pieza de muslo de un ciervo asado, acompañado de vegetales y frutas silvestres, fue el menú que lucía extraordinario, con el que fuimos honrados.

Sentados todos y tras el inicio de nuestra comida vespertina debido a que el atardecer se había abierto camino, Koga nos narraba la secuencia de la situación política del Japón y el ayudante se dedicaba a la faena de la comida.

Pero durante el proceso de nuestra oportuna ingesta de los alimentos servidos, en un salón que bajo los efectos de las paredes que brillaban con los improvisados y rudimentarios faroles encendidos alrededor, la charla no se detuvo.

Koga trataba de explicar toda la trama que se produjo desde antes y después de la inusitada muerte del emperador Komei, que condujo a asumir el poder a Meiji.

Fue a principios de 1867 que los jerarcas anunciaron su muerte, quien tras su reemplazo, se inició una pugna que convirtió al imperio en un hervidero de intriga, entre la cual surgió un plan siniestro y silencioso contra el joven emperador.

Por eso la narrativa del ninja de Iga, nos condujo a entender el porqué de todas las circunstancias que se ha generado en torno a todo en lo que concierne a quienes de manera directa e indirecta, estamos involucrados.

Fue así como el guerrero rebelde nos explicó:

—En ese mismo año, Tokugawa Yoshinobu renunció a su cargo y autoridad ante el Emperador, aceptando ser el instrumento para llevar a cabo las órdenes imperiales, lo que llevó al fin del shogunato Tokugawa.

Sin embargo, aunque la dimisión de Yoshinobu había creado un vacío nominal en el más alto nivel de gobierno, su aparato estatal seguía existiendo.

Además, el gobierno shogunal, la familia Tokugawa en particular, siguió siendo una fuerza destacada en el orden político en evolución y retuvo muchos poderes ejecutivos, una perspectiva que los intransigentes de Satsuma y Chōshū lo encontraron intolerable, por lo que surge una conspiración.

Dos meses después, las fuerzas de Satsuma-Chōshū tomaron el palacio imperial en Kioto y al día siguiente el emperador Meiji, de quince años, declaró su propia restauración a pleno poder.

Aunque la mayoría de la asamblea consultiva imperial estaba contenta con la declaración formal de gobierno directo por parte de la corte y tendía a apoyar una colaboración continua con los Tokugawa, Saiga Takamori, líder del clan Satsuma, amenazó a la asamblea con la abolición del título de shogun y ordenó la confiscación de las tierras de

Yoshinobu.

En enero de 1868, Yoshinobu declaró que no estaría obligado por la proclamación de la Restauración y pidió a la corte que la rescindiera.

Yoshinobu decidió preparar un ataque a Kioto, ocupada por las fuerzas de Satsuma y Chōshū.

Esta decisión fue impulsada por su conocimiento de una serie de ataques incendiarios en Edo, comenzando con la destrucción de las obras exteriores del Castillo de Edo, la residencia principal de Tokugawa.

# Koga: el ninja renegado

## Capítulo XIX
## Despejando las dudas

—Por todos esos acontecimientos en los cuales me vi involucrado indirectamente, organicé mis estrategias y por medio de los aliados de extrema confianza, logré obtener toda la información de la situación que surgió tras la muerte de Komei y la ascensión de Meiji.

—Nos continuó relatando Koga durante el banquete.

Y más adelante pregunté al respecto:

—Maestro; ¿usted aceptó el contrato para liquidar al joven emperador.

—Le pregunté directamente al guerrero.

—¡Es por eso que les estoy detallando gran parte del laberinto de intriga del Japón, por lo que fui organizando mis estrategias como se las expliqué!

Respondió Koga.

Transcurría la charla en medio del agasajo y Sergio rompe el silencio e irrumpe en la conversación.

Un fugaz gesto cabizbajo de mi acompañante para dirigirse a Koga me causó incertidumbre de su respetado temor que aún mantiene sobre el guerrero ninja.

—¿Usted ha tomado la decisión de aceptar el contrato tras conocer toda la intriga del caso?

Preguntó Sergio.

Mirándonos a ambos, Koga ofreció una respuesta contundente e interrogativa.

—No; - ¿Es por eso que ustedes vinieron hacia mí?

Yo les estoy ofreciendo toda la información necesaria que les permita obtener la mejor claridad sobre el tema y el hecho de que he resguardado a mi familia y me refugié en la clandestinidad, son válidas para entender que allí hay una repuesta!

Enfatizó al respecto nuestro anfitrión.

Tras todos los acontecimientos acerca de nuestra misión y ahora que estamos frente a uno de los más invencibles ninjas de la época, nos dimos cuenta de que la tarde estaba encima y ante la mutua mirada entre los presentes.

Koga se puso de pie, le hizo una señal a su

ayudante, él se le acercó y le habló algo al oído.

Como todo un personaje preparado para muchos acontecimientos entre otros aspectos, el legendario guerrero nos expresó:

—Ustedes, en la condición de huéspedes de mi refugio y mi persona, en vista del avanzado atardecer, les he mandado a preparar aposento para permanecer aquí hasta que lo dispongan.

## Las revelaciones

Sorprendidos por tan oportuno honor y debido a que durante la noche no podíamos retornar a la aldea, nos inclinamos ante él, ofreciéndole unas palabras de agradecimiento.

Pero un punto de vista muy suspicaz es, que de ambas partes quedan dudas y surgirán preguntas y repuestas en torno a todo lo que nos concierne, situación que permite despejarlas durante nuestra prolongada permanencia.

En relación al tercer visitante, nuestro piloto de la nave o la máquina del tiempo, Damián, estamos conscientes que él está monitoreando y copiando todo de manera silenciosa desde el lugar donde se encuentra y agregando a la base de datos la importante documentación sobre el tema que nos ocupa.

No podemos comunicarnos con él para no despertar ninguna inquietud de Koga, sin embargo, sobre su permanencia allá, sabemos de antemano que dentro de la nave hay una despensa especial de alimentos no perecederos.

Mientras tanto; cerca del campamento donde está oculto Damián hay abundante agua, muchos frutos, aves y cacería, madera para encender fuego y muchas ventajas que le permiten pasarla bien, entretanto los controles y toda la tecnología le permite la protección y comodidad requerida.

Salimos de la cueva hacia el exterior y caminamos hacia la caseta en la cual nos acogió y recibió Koga antes del agasajo, el lugar constituye uno de sus centros de entrenamiento y en el que antes nunca otra visita había estado en ese refugio.

Somos los únicos y eso nos honra aún más.

Afuera, el refrescante atardecer mostraba una cara resplandeciente en esa montaña japonesa de la prefectura de Osaka, la aldea de Iga y otras alrededor, en sus vertientes inferiores crece una vegetación exuberante, compuesta de bellas plantas de toda especie.

La vista hacia el horizonte nos mostraba un resplandor que le hacía el compás a una fuerte brisa que catalizaba el clima y es característico de la zona.

Las horas de salida y puesta del sol en Japón, están determinadas por la ubicación moderada en ese hemisferio, donde los días son más largos en verano que en invierno.

En cambio, las noches oscuras más largas son las del invierno, por suerte que no nos tocó cuando amanecimos al pie del gigante árbol de alcanfor durante nuestro trayecto a ese lugar.

Por cierto; una noche de diciembre en Tokio dura casi 15 horas y los días comienzan unas dos horas más tarde, según los registros.

En ese atardecer era temprano y nos sobraba tiempo para charlar.

Este refugio, podríamos compararlo con otras zonas que hayamos visto, la mayor parte de sus hermosas montañas y de sus grandes y gigantescas e impetuosas arboledas, de sus ricas planicies y atractivos valles, con sus abundantes ríos y fuentes de agua que las fertilizan.

Más debajo de nosotros en la misma cordillera,

se encuentran espesos pinares, tierras cubiertas de pastos y estepas, y finalmente, todas las producciones de las regiones templadas, como cebada, judías, guisantes, té, algodón y arroz.

Pero divagando en medio de esta inspiración que me hace el lugar, puedo asegurar que no hay en el mundo nada que pueda compararse con la misteriosa maravilla del Fujiyama, la montaña sagrada tan querida de los japoneses, cuya vista se pierde desde muchos ángulos.

Esa montaña solitaria, solemne y magnífica, ostentando su bella forma cónica, que se eleva hasta una altitud de 3.700 metros sobre el nivel de la planicie, mide más de 160 kilómetros alrededor de su base, junto al mar, y no lejos de Kioto, capital del imperio.

## La invocación al supremo ninja

Ante la estructura del entrenamiento de Koga en que nos encontramos como si fuera una antesala, inhalé un fuerte fresco aroma de aire silvestre que me hizo adquirir más energía adicional a la que obtuvimos con los alimentos que consumimos poco antes y observé a mi compañero hacer lo mismo, respiramos profundo.

Nos dispusimos a sentarnos en las bancas de Bambú de la caseta, seguidos por Koga, quien mantenía nuestros pasos y ahora en este increíble atardecer, nos dispusimos a continuar con las charlas y profundizar aún más lo que nos interesa.

Por su parte Koga despegó su katana de su cintura y sin desenvainarla la colocó sobre sus piernas debido a que los ninjas no se separan de su herramienta más característica.

La katana que teníamos en nuestro poder, había regresado a su empaque de tela debido a que no nos pertenece, por cuya razón Koga nos pidió una explicación de la forma en que la obtuvimos.

"¿Tendré que explicarle tan importante repuesta?"

Nos miramos las caras el acompañante y mi persona de manera interrogante.

Por su parte; Koga esperaba una repuesta la cual teníamos que responderla bajo el criterio de honestidad y confianza, porque si no lo hacíamos rompería el vínculo de un criterio sostenido por él hacia tan significativo dilema.

Para disipar nuestros temores y despejar las

dudas del anfitrión, quien representa el objetivo principal primario de la investigación vinculada a los saltos en el tiempo, voy a responderle con franqueza, mentalicé al respecto.

—Maestro, usted merece una repuesta contundente y he aquí la información.

## La sesión extraordinaria

Fue un atardecer previo a esta peregrinación de éstos humildes servidores, en un hospedaje de la aldea en que nos disponíamos al sagrado descanso, tras una larga caminata hasta allí y en cuyo recinto dentro de nuestra habitación, se produjo una convulsión que nos cegó.

Allí se materializó una figura, la cual era el gran maestro Hattori Hanzo en persona, quien, tras advertirnos de los peligros en nuestra búsqueda hacia lo desconocido, nos dejó en nuestro poder, esa reliquia sagrada.

Le expliqué al respecto.

Dicho eso, Koga se pone de pies, nos hace una reverencia, sostiene su espada por el medio de la vaina, la levanta con ambas manos, invoca al espíritu del gran maestro ninja, la desenfunda y tras lo cual se escucha un sonido metálico agudo y la coloca en el piso.

De inmediato y con un grito al estilo ninja, me ordenó le desempaque la reliquia y desenvaine, la coloque encima de la suya, cruzada y la dejara libre.

La obediencia de mi parte fue inmediata, me puse de pie, seguido por Sergio, hice lo que me indicó y me retiré de las katanas.

Ambas armas comenzaron a brillar, entretanto Koga las reverenciaba inclinado con ambas manos juntadas e invocando con un grito el nombre de...

—¡Hattoriiiiiiii!

Un estallido de luz muy blanca nos cegó completamente, mientras visualizamos una leve figura fantasmal que a medida que se materializaba, perdimos el conocimiento y lo último que recuerdo fue un silbido agudo, seguido de una inexplicable y negra penumbra.

Volvimos en sí y desconocemos qué sucedió después, ni el tiempo que estuvimos inconscientes, estábamos aturdidos y desorientados.

Frente a nosotros, Koga parecía estar sumido

en un trance, en cuclillas, que es una posición característica ninja, que da la impresión entre agachado y sentado tras sus pantorrillas, lo cual nos imaginamos que se trataba de una especie de ceremonia, un ritual mediante el cual los guerreros se preparan para luchar o combatir en medio de un conflicto.

Sergio y mi persona en esos momentos aún no estábamos completamente bajo nuestras propias conciencias, yo por mi parte sentía que mi estado era cataléptico, semi consciente, entretanto Koga se encontraba en el letargo, como en un limbo, entre lo físico material y lo espiritual.

¡Estaba poseído! ¿Por quién?

Era el espíritu de Hattori, quien al parecer aún mantenía una conexión con él.

La espada sagrada aún brillaba en forma intermitente y junto a todos esos hechos yo por mi parte presentía algunos malos presagios, amargos augurios sobre lo que significaban las palabras del fantasma del invocado, quien en ese instante estaba en posesión del cuerpo de Koga y nosotros se nos había anticipado:

"Abran los ojos ante los hechos a los que se

van a enfrentar".

De antemano; mi punto de vista era que teníamos que esperar a que el guerrero Koga concluyera su ceremonia.

Desde la entrada de la cueva, el asistente de Koga miraba los hechos sin acercarse al lugar donde nos encontrábamos y de acuerdo a mi propio criterio, se trata de un procedimiento del que él desconocía, por lo que parecía extrañado, por que mantenía su distancia.

El brillo de la katana sagrada continuaba resplandeciendo y Koga aún no volvía en sí, por lo tanto, la lógica me indicó que había que esperar y por el momento la espada de Hattori permanecerá allí sin que sea tocada debido a que ambas situaciones coinciden en los hechos.

¿Era una prolongada meditación lo del trance del guerrero o una transportación?

Mis pensamientos giraban en torno a un sin número de preguntas y respuestas no concluyentes y en definitiva la espera era obligatoria.

Sobre esta situación, Sergio, en su condición de doctor, me comentó, que los grandes maestros físicos y espirituales coinciden en que los síntomas que se suelen mostrar las personas poseídas, son el sansonismo, donde se manifiesta una fuerza extraordinaria más allá de la resistencia contra la fuerza invisible invasora, o proveniente del plano espiritual.

—Además, — agregó mi compañero...

También sufren cierta aversión a todo lo que tenga que ver con su interior emocional porque entran en confusión, por lo tanto, es posible que Koga tenga que entrar luego de eso en un corto periodo de relajación para sobreponerse a la carga que el cuerpo recibe, me indicó Sergio.

En la presente condición, no puede escuchar ni hablar de nada a su alrededor y los posteriores resultados varían de acuerdo a la fortaleza y de su naturaleza.

La tarde moribunda muestra ya sus débiles rayos y al fondo del firmamento se dibujan nubes rayadas que parecen rastros estelares.

Ya las aves parecen volar con prisa mientras nosotros aguardamos a la espera del final que el mágico episodio de nuestro anfitrión concluya. Su ayudante apunta los pasos hacia donde nos encontramos para verificar las condiciones de su amo, quien precisamente reacciona en el instante mismo de manera simultánea al opacado brillo de la katana sagrada.

Sí; la sesión ha terminado, Koga se puso de pie y la espada de Hattori concluyó su brillante luz, por lo tanto, intenté llegar a ella con precaución para observar más de cerca al patrón de ese colorido refugio en el que hemos vivido otras experiencias extrasensoriales, con el mismo espíritu que en la posada nos visitó.

Ahora vemos de manera discreta la pasiva tranquilidad de Koga, quien, observando todo el contorno, nos hace pensar que se encuentra aturdido.

Su conexión de manera directa con el más allá por medio del espíritu del gran maestro ninja del pasado fue prolongada, pero coincido con mi acompañante sobre su señal de esperar los resultados de tan extraordinaria comunicación.

¿Viajó el ninja rebelde a otra dimensión donde probablemente se llevó a cabo una reunión espiritual?

¿Hubo otros asistentes al lugar, un cónclave, o una asamblea para algún fin?

No lo sabemos; ni mucho menos debemos indagar de manera directa con el protagonista de ese episodio que invocó al alma de quien lo condujo por los confines de las otras vidas.

Por mi parte procedí a recoger la katana sagrada que yacía inerte en el piso empedrado de la caseta de entrenamiento de Koga, la cual está bajo mi custodia hasta que lo decida el propietario, a quien se la regresaría en el momento en que él lo disponga.

Sin embargo; por el momento procederé a cubrirla con el manto blanco en el que la cubrí desde que salimos de la posada de la aldea.

Esperando entonces el siguiente movimiento del ninja, procedí a cumplir con lo indicado; me senté nuevamente en el sillón de bambú observándolo, mientras su leal ayudante, retrocedía para dirigirse a la cueva.

## Capítulo XX
## Desde otra dimensión

Sentados en silencio y observando la inerte e inquietante postura fuera de sí mismo del enigmático líder Ninja; presenciamos morir la tarde bajo una suave penumbra ante una temperatura en descenso, por lo que sentimos una fresca brisa que nos acariciaba a la espera de la primera reacción de Koga, eso tras el final de la ceremonia astral en que se sumergió, sobre la cual muy pocos podrían presenciar.

Los minutos se aceleraban y en medio de la espera mientras vemos a su fiel compañero, caminando hacia nuestra dirección sosteniendo en ambas manos, una especie de bandeja de madera, en la que traía un jarrón de cerámica rústica y varios envases de bambú -

Era una bebida caliente que había preparado en el fogón dentro la cueva. -

Se acercó a la caseta en la que también había una pequeña banqueta también hecha de la misma planta de bambú, en la cual había sobre ella una piel de siervo con numerosas herramientas y prendas del uso de su aliado para su entrenamiento.

Eran los shurikens; las armas utilizadas como proyectiles que lanzan con precisión hacia sus oponentes los temibles guerreros, tal como lo hacen los samurais, aunque las de éstos podrían ser de otras características, pero los Ninjas las utilizan como micro misiles. Éstas armas  shuriken eran artefactos letales que podían despertar la imaginación de los enemigos; no obstante, los samuráis los evitaban".-

El estrafalario amigo fiel tenía un nombre; Fujithoshi Naburo, quien colocó la bandeja sobre la rudimentaria mesita, luego de apartar con mucha lentitud las piezas de defensa personal y de ataque con las que Koga practica y hace sus entrenamientos, volteó, lo observó, nos miró posteriormente y sirvió dos tarros de bebida caliente para nosotros, las cuales  nos obsequió con una reverencia".

Luego procedió a servir la siguiente ración, dio un giro hacia su patrón y se acercó lentamente a él con dicha bebida, le colocó su mano izquierda sobre su cabello, mientras con su derecha movía el envase hacia su olfato de izquierda a derecha para que percibiera el aroma, debido a que la bebida caliente emanaba el agradable olor, intentando que el soñoliento Koga lo percibiera".-

Pero; ¿Qué hizo al amigo de Koga para haber obtenido ésa confianza con él?

De acuerdo con la averiguación que pudimos hacer obtuvimos la siguiente información".-

Fujithoshi Naburo fue un líder de los ninjas de la provincia de Iga durante los finales del siglo XIX, "quien combatió en los últimos días del emperador Komei en sus batallas contra Oda Nobunaga"-.

El apoyo de los ninjas a los enemigos de los clanes Hattori Hans y Koga, uno de los unificadores del Japón, ocasionó que este daimio atacara a Iga y Ueno, matando alrededor de 4000 ninjas por medio de las pandillas de los clanes Kabuto y Surimaki, impulsados por poderosos feudales"-.

Los sobrevivientes tuvieron que huir y esconderse en otras provincias, uno de ellos fue

Fujithoshi, mientras que otras de las familias de la prefectura de Edo, trataron de preservar la tradición con las técnicas ninja y sus descendientes.

Entretanto; otro de ellos conocido como Fujibayashi, se encargó de salvar los documentos el Bansenshūkai, una colección de registros de los guerreros de Ueno de Iga que aparecen en los escritos de 1856, los cuales condensan sus pensamientos en filosofías, estrategia militar, astrología y conocimiento de las armas.

## Un viaje estelar

Continuamos esperando el procedimiento de Fujithoshi para animar a Koga, cuando nos dimos cuenta que:

-¡Lo logró! – ¡Koga volvió en sí!-

El poderoso ninja, estaba indefenso en ésos instantes, abrió los ojos y miró a Fujithoshi, luego observó alrededor, tomó el envase, se puso de pie, nos miró, nos saludó en silencio inclinando su cuerpo y colocó su mano izquierda en el pecho y con la otra consumía lentamente el té que había preparado su amigo.

Su espada yacía en el empedrado del piso, sin que ninguno de nosotros, ni siquiera su asistente procediera a tocarla y envainarla, debido a que habría sido una ofensa romper con un procedimiento dentro del código Ninja.

Se trata de el bushidó, el cual es un código ético estricto y particular, del que muchos guerreros reciben durante sus primeros pasos de entrenamiento, cuyo contenido es respetado de un alto nivel hacia su principal arma de reglamento y otros artefactos".

Nadie debe tocar el arma personal de un ninja, a menos que el propietario lo permita y en el caso nuestro con la reliquia sagrada de Hattori Hans, fue su decisión entregarnos ése importante instrumento que mágicamente nos abrió las puertas en vario sentidos:

Para nosotros es obvio ése detalle, al igual que para su compañero, quien en sus tiempos de gloria había sido un Ninja que tuvo un proceso regresivo de sus días, con un final sin muchas victorias en los tiempos de Komei, pero conservando sus facultades, desde que fue rescatado por Koga rescató del inframundo.

Inmediatamente, nuestro anfitrión el renegado Koga observó su espada, admirando nuestro respeto hacia su bushidó, es decir, el código, nos ofrece una reverencia inclinando se cabeza, le entrega al amigo momentáneamente su tarro de bebida, se dirige hacia el lugar donde yace su Katana, tomó su empacadura, luego agarró el arma por su empuñadura, la envaina, mira hacia el techo de la caseta y exclamó:

-¡Hatari Khasaki!.

Es un grito de victoria ninja; tal vez.

De ésa manera se inició un nuevo ciclo de quienes cada uno de nosotros tiene un rol que desempeñar; no obstante, faltan algunos detalles que disipar, por lo que dentro de ésa nueva etapa, nos corresponde mucha participación.

Ahora esperamos los resultados del viaje de Koga a otra dimensión durante la ceremonia, las cuales serán parte de los siguientes pasos que nos toca conocer".-

Él tomó de nuevo su tazón y continuó bebiendo su estimulante bebida, la consumió toda, desprendió de nuevo su espada de la cintura sin desenfundarla, la agarró con ambas manos, la sostuvo en forma levantada mirándola y repitiendo tres veces la palabra:-

¡Khasaki, Khasaki, Khasaki!-

Al parecer; el gesto del Ninja era un grito de victoria tras combatir y estar presente en campos de batalla donde habían muerto cientos de guerreros de los clanes Surimaki y Kabuto enfrentados entre sí antes de la destrucción de la aldea de Iga.

Suponemos en ese momento; que Koga durante su proceso de transportación espiritual en compañía de Hattori Hans, al invocarlo desde el momento del comienzo del ritual en el que nosotros perdimos el conocimiento, él estuvo en otra dimensión presenciando los debates de los antepasados para lo que el Gran líder Ninja Hattori Hans le mostró.

Sus almas viajaron por el mundo de los espíritus y la clave para accionar ése enlace fue la Katana sagrada.

Entonces, ésos hechos arrojan por el suelo la versión de  mi compañero de viaje por el tiempo Sergio, quien ofreció un diagnóstico diferente en su condición de médico sobre el estado cataléptico del líder Ninja, por lo que en conclusión; Koga, en un letargo mental o su letanía no sufrió algún efecto maligno, si no que su energía junto a la de Hattori Hans, pasó a otro nivel de manera provisional.

## El lugar de los espíritus

La noche ya se había apoderado de toda la montaña y ahora la danza y las luces de las luciérnagas,  las cuales giraban en el valle del refugio, parecían celebrar el regreso del viajero estelar en que se convirtió Koga durante el trance, pero  ni el firmamento estrellado que era tan significativo y distante, como los giros maravillosos de ésos insectos voladores podrán cambiar los hechos reservados para un próximo futuro-

Nosotros, ante todo los eventos en los cuales tuvimos protagonismo y participación involuntaria, nos hemos mantenido como observadores a la espera en que nuestro anfitrión nos aborde, aunque ante una señal de mi compañero Sergio me indicaba que deberíamos expresarle nuestro saludo".

Señor: ¿Cómo se siente? - Le pregunté directamente.

A lo que Koga de manera expresiva respiró profundo y tras exhalarlo se dirigió a nuestra humilde presencia:

Soy un ninja; dijo, aunque no soy inmortal como otros que se fueron de éste plano, estoy preparado para cualquier contingencia que se me presente y en ésta ocasión, sólo fue un viaje al lugar de los espíritus, donde el presente, pasado y futuro están juntos y las almas suelen estar donde les corresponda.

Uds han sido una pieza clave y valiosa, para realizar ése viaje a los mundos de las tinieblas, al de la luz, al del frio y del calor, al lugar donde nuestros antepasados purgan sus penas, disipan sus odios, celebran sus triunfos o lamentan sus fracasos; es allí donde todo se une, pero también es donde podemos orientar nuestros destinos.

Ante ésas sorprendentes palabras del invencible y rebelde Ninja, nuestro globos oculares se agrandaron y nuestras palpitaciones cardíacas recibieron el impacto de un discurso de alguien, que además de ser, mercenario, luchador, guerrero, soldado de un ejército integrado por miles de jóvenes y adultos de ambos sexos; también es un sabio expresivo.

Y tras toda ésa apreciación que compartimos Sergio y mi persona, le ofrecimos un reverencia.

Maestro, ahora le pido que me permita explicarle algo sobre todo eso"-

Le dije; tras lo que él me contestó de la siguiente manera:

Pueden hablar conmigo con toda franqueza, porque sé que sus sentimientos son nobles y tienen una misión que cumplir, como la tiene mi persona, por lo que hay una reciprocidad en nuestras tareas, a pesar de que no tuve acceso a conocer los acontecimientos del futuro, en los que estamos involucrados, hay algo que quedará pendiente de discutir.

Maestro, Le insistí diciéndole lo siguiente:-

Fue el Ninja inmortal Hattori Hans, quien nos entregó la clave ante todo esto para llegar aquí, para convencerlo de que somos portadores prestados de la Katana sagrada de su majestad, quien nos la entregó porque sabía que ud era nuestro objetivo principal y ésa pieza le permitiría realizar la conexión por la que ahora parecemos aliados

Se lo le aclaré y de inmediato repitió la reverencia hacia nosotros y nos comentó:

Ahora que la noche se posesionó de la montaña y las horas transcurren de manera veloz, es propicia la ocasión para recordarles primeramente que tienen un aposento dispuesto para uds donde pueden descansar, mientras con la luz de las luciérnagas realizaré mi meditación y por lo demás es importante que por la mañana tengamos mucho de qué hablar.

Fue lo que nos indicó el guerrero invencible, al mismo tiempo que le ordenó a Fujithoshi, nos acompañara a la cueva donde debemos acogernos en los futones e invitar al Dios Morfeo a acompañarnos al viaje de los sueños, entretanto con la misma reverencia de costumbre emprendimos la caminata con el ayudante.

Fujithoshi con una antorcha, nos condujo desde la caseta hasta la entrada de la cueva, la cual estaba iluminada con faroles rudimentarios.

El ayudante se retiró y antes de ingresarnos al fondo de la caverna, me aparté para comunicarme con Damián.

Atento querido amigo; ¿Me escuchas? - ¡Claro y fuerte! – Respondió.

¿Cómo te encuentras; Hay alguna novedad? - Le pregunté.

¡Todo bien y bajo control, indicó nuestro compañero y agregó...

¡Tengo el registro completo de todo los diálogos de uds con el Ninja!-

¡Indicó; espero que duerman bien, aunque tengo la convicción que queda algo pendiente de la misión y deduzco que Koga les va a revelar algunas situaciones que de antemano ya las analicé con la base de datos!-

Aseguró Damian y le aclaré:

¡Correcto, ahora falta la parte más escabrosa!

¡Es positivo, que tengan buenas noches -Igualmente hermano.

## Bibliografía y fuentes de consulta

- Antecedentes históricos 1868 - 1945
- Edu.ar-publicaciones-iris
- Solo literatura, Mario Vargas Llosa
- Solo -literatura- Mario-Vargas-llosa
- Egon Scielo; el arte y la literatura
- Las Paradojas de los viaje en el tiempo "Scielo".
- "Programa secreto de la Cía. y los viajes en el Tiempo"
- Caiga-quien-caiga
- Quora
- Mundo Ancho y Ajeno
- Articulos/historia/Japón
- Misterios y Leyendas del Japón":
- Jponpedia.com/cultura-japonesa
- Psicología y Mente: "Las diez leyendas del Japón Más interesantes"
- Japón Medieval: "Arre caballo"
- Anciens Original: "El manuscrito japonés más antiguo
- R o-Yumi: "Los Ninjas más famosos del Japón Feudal"
- Historias y biografías: "Los Shogunes En Japón":

- Los Shogunes en Japón: "Gobierno e Historia del Shogunato Tokugawa"
- La era Meiji, el nacimiento del Japón moderno
- Historia: National Geografic
La era Meiji el nacimiento del Japón moderno
- La Vanguardia: "La Guerra Medieval, Europa  en la edad media":
- Los Manuscritos del Japón:
- Anciens Origenes
- Detalles históricos del Japón

- Scielo

- El Monte de las Ánimas:  "Biblioteca Virtual Miguel Cervantes"

- Historias y biografías
- Túneles del espacio:  Ciencia Hoy
- Definición ABC: "Definiciones y contextualizar"
- Época Medieval:
- Mundo ancho y ajeno; José Luis Gómez Serrano.:
- "Japón La Restauración de Miji 1850- 1890"
- Mi Baúl Blog: "Escenarios de La Guerra"
- La influencia de Confucio en Japón
- El viajero del tiempo, nuestro salto al futuro
- El Perfil D la información

# Koga: el ninja renegado

Made in the USA
Monee, IL
12 September 2023

42633574R00134